Volker Braun

Die Unvollendete Geschichte und ihr Ende

Suhrkamp Verlag

Die *Unvollendete Geschichte* erschien 1975
in der Zeitschrift *Sinn und Form*, 1977 als Buch,
1979 in der Bibliothek Suhrkamp (Band 648).

Erste Auflage 1998

Druck: Nomos Verlagsgesellschaft, Baden-Baden
Printed in Germany

1 2 3 4 5 6 – 03 02 01 00 99 98

Unvollendete Geschichte

»Alle Toten ruhen in der Unruhe
eines vielleicht unnötigen Todes.«

Jorge Semprun
›Der zweite Tod des Ramón Mercader‹

Am Tag vor Heiligabend eröffnete der Ratsvorsitzende des Kreises K. seiner achtzehnjährigen Tochter, nachdem er sich einige Stunden unruhig durch die Wohnung gedrückt hatte, er müsse sie über gewisse Dinge informieren (er sagte informieren), von denen er Kenntnis erhalten, woher ginge sie nichts an, die aber vieles oder, im schlimmsten Fall, alles in ihrem Leben ändern könnten.

Die Tochter, die den großen, ruhigen Mann nie so bleich und entnervt gesehn hatte, ließ sich in das Arbeitszimmer ziehn vor den wuchtigen Schreibtisch, wo er ihr einige banale Fragen stellte: nach ihrem Freund Frank. Er holte dann ein Zettelchen vor und redete los. Es könne ganz kritisch werden, er könne noch nicht darüber sprechen, aber er müsse sie warnen, es werde etwas geschehn, Karin, es werde sehr bald etwas geschehn!

Sie solle sich vorher von Frank trennen, damit sie nicht hineingerissen werde. Die Tochter verstand nichts, aber der Mann beharrte darauf, nichts sagen zu können. Die Eltern von Frank, das wisse er, seien geschieden, der Vater vorbestraft, im Zuchthaus gesessen, Devisenschmuggel, Frank: ein Rowdy, er habe zu einer dieser

Banden gehört, die sich in M. herumtrieben, vor vier Jahren, als sie schon einmal mit ihm ging. Die abends herumgammelten in der Karl-Marx-Straße und sich die Zeit vertrieben, die Mariettabar ihr sogenannter Stützpunkt, er gehörte dazu. Und Einbrüche machten im »Fischerufer«, Zigaretten klauten, und in mehreren Villen, der war dabei. Und hat auch gesessen. Aber jetzt habe er etwas vor, Karin ... *er habe irgendwas vor.* Karin sagte: das glaube sie nicht, sie wisse genau, daß Frank nichts mehr vorhabe, er lache heute über sich selbst und schäme sich. Aber der Vater: Du weißt nichts! Trenn dich von ihm, denk dir etwas aus! Das können wir uns nicht erlauben, solche Sachen ... diese Familie allein, das ist für uns untragbar. *Sie werde schon sehn was kommt!*

Die Unterredung wurde hitzig, die Tochter endlich aggressiv, und der Ratsvorsitzende stellte ihr Frank als Verbrecher dar, der die Wohnung nicht wieder betreten dürfe. Er solle jedenfalls nicht, wie verabredet, herkommen und mit ihr nach B. ins Theater fahren. Sie heulte. Sie kannte diese Reden alle, von den Berichten beim Abendbrot, aber es hatte sie nie selbst betroffen. Es war ihr für Augenblicke, als wär sie an einen fremden Ort versetzt, wo alle Gegenstände anders heißen und zu was anderem verwendet werden. Sie paßte nicht mehr dazu. Aber dann vergaß sie sich wieder und dachte schon wieder wie sonst, in einer Trägheit, die sie plötzlich körperlich spürte und gegen die sie nichts machen wollte. Sie konnte doch tun, was man ihr sagte.

Sie war auch unsicher geworden. Sie wußte selbst nicht mehr, ob ihr Frank nicht eine Rolle vorspielte. Ihr Vater war INFORMIERT worden, das war klar, und es mußte etwas Wahres daran sein. Aber woran denn? – Sie fühlte sich schon in der Schuld des Vaters, sie wollte sich nicht sagen lassen: *sie habe nicht auf ihn gehört.*

Sie dachte sich die Nacht lang aus, wie sie es anstellen könnte, daß es für Frank nicht schlimmer würde als für sie. Wenn sie sich vorläufig von ihm trennte, müßte sie sich ganz ins Unrecht setzen, damit es leichter wär für ihn, es auszuhalten. Sie müßte so dumm dastehn, daß es nicht lohnte, ihr nachzuweinen. Er liebte sie zu sehr, da konnte nichts andres helfen. Er hatte so heftig um sie gekämpft, so lange, das hatte sie noch nie erlebt. Sie war der einzige Mensch, an dem er hing. Am Morgen rief sie in M. an. Sie sagte folgendes: »Komm nicht her. Danny ist hiergewesen. Wir haben uns wieder verstanden. Es ist alles in bestem Frieden. Ich bin selig und glücklich. Mit dir will ich nicht mehr gehn.« Sie hörte

Frank einige verwirrte Worte machen, aber legte auf.

Die Festtage war Karin elend zumut. Sie hing in dem Haus herum und wußte nichts anzufangen. Die Spiele der Geschwister gingen sie nichts an, in der Küche verdroß sie das betont unbekümmerte Gesicht der Mutter, daß sie erstickt hinauslief, sobald sie sich in ein Gespräch einließ. Es wurde, wie die Mutter fröhlich befahl, »auf Familie gemacht«. Sonst arbeitete sie in ihrer Lokalredaktion, von früh und manchmal bis nachts, und mußte die Kinder meist sich selbst überlassen.
Zwischen Weihnachten und Neujahr machten die Eltern einen Besuch in P., sie nahmen Karin mit. Bei der Gelegenheit ging sie zu Danny. Sie hatte ihn kennengelernt, als sie in K. gekellnert hatte, in den Ferien, in der Gaststätte meist Soldaten. Er war ihr aufgefallen, weil er »attraktiv« aussah, ein langer blonder Bursche, sie war ganz hingewesen. Er hatte sie auf der Straße angesprochen, und das war die einzige Aktivität gewesen, zu der er sich aufgerafft hatte, er hatte alles ihr überlassen. Als sie ihm erzählte, daß sie schon mit drei anderen gegangen war, hatte er sie staunend angesehn, das kannte er noch gar

nicht. Bei ihm war nur alles Asche gewesen. Er war wie in sich verriegelt; er hatte sie angehimmelt, und es war kein Rankommen an ihn gewesen. Sie hätte ihn zum Reden bringen müssen, und das hatte sie nicht gekonnt. Aber als Frank sie später gefragt hatte: Liebst du ihn noch? hatte sie gleich Ja gesagt, und es war die Wahrheit gewesen. Jetzt ging sie zu ihm hin, um zu sehn, daß Frank ihr mehr gefiel. Danny saß da und redete von sich; es liege alles an ihm, weil er zu eigensüchtig sei. Da schien er ihr ein kalter Mensch, der sie nicht rührte. Sie konnte über gar nichts sprechen. Sie dachte nur noch daran, einen Satz zu finden, eine Frage, um irgendwas zu sagen. Aber weil ihr die Situation so peinigend bewußt war, fiel ihr nichts ein. Sie wurde nur leerer, je länger sie in sich suchte. Und doch ging etwas vor zwischen ihnen, Minute für Minute, das ihr recht war und nicht mehr aufzuhalten und schließlich erreicht war. Nun war nichts mehr mit ihm.

Silvester schrieb Karin einen Brief an Frank. Sie versuchte, ihm etwas zu erklären. Aber sie sah gleich: es ging nicht. Sie konnte sich nichts denken, sie wußte nicht was war. Aber eins wußte sie: daß sie nicht glaubwürdig gewesen war am Telefon. Sie schrieb den Abend durch; es war zwecklos. Sie kam dann, auf Drängen des Vaters, in die Wohnstube, die Haare ungemacht in langen Strähnen im Gesicht, in den verwaschenen Jeans. Ihr Aufzug wurde gerügt, sie sagte, zum Fernsehen reiche es. Die Mutter machte den Kasten aus, sie saßen zusammen am Tisch und knackten Nüsse. Der Vater zündete noch einmal die Kerzen am Weihnachtsbaum an. Kurz vor zwölf füllte er die Sektgläser, aus dem Radio kam eine Fuge von Bach. Mitternacht stießen sie an auf das GUTE NEUE JAHR.

Am 2. Januar fuhr sie nach M. Sie sollte ihr Volontariat, das sie in H. begonnen hatte, in der Bezirksredaktion fortsetzen. Sie hatte sich auf diesen Tag wie noch auf keinen gefreut, aber nun saß sie bedrückt im Bus. Sie schaute in die plane Landschaft hinaus, die großen Felder, ein dünner Schnee fiel und verschwand am Boden. Die zwei herverschlagenen Bohrtürme, wenige stille Dörfer, der Wald preußisch gerade, bis in die nächste verwinkelte Stadt hinein kannte sie jeden Fleck. Hierhin war sie zur Oberschule gefahren. Dann kamen andere Wälder, zerrissen zwischen Wiesen und Schauern Schnees, und jetzt erst ging es von zuhause fort, ihr war seltsam im Kopf. Es schneite stärker, die Dörfer wie zugehängt, die Bäume am Straßenrand

rückten ganz fern und unwirklich weg. Sie fror. Sie hielt die Masten und Schneisen in ihrem Blick, das kam ihr nun alles zu, und konnte nichts halten, es flog alles dahin, alle Gewißheiten, alle Sicherheit.
Vor M. schien Sonne, die Straße blendete, schnitt wie ein Schneidbrenner in die Brücken ein, der Fluß wie grauer Teig in den Mulden. Karin vergaß ihren Kummer, das Zentrum lag offen und breit, weggebaut über die Trümmer; sie wurde fröhlich. Sie kam an.
In der Redaktion ging alles glatt, wie immer alles glatt gegangen war in ihrem Leben. Sie könne anfangen, wenn sie ein Zimmer bekäme. Man führte sie herum, sie sah nur freundliche Gesichter. Sie war an ihrem Ziel. Sie kam auch ins Parteizimmer und wurde als Kandidatin vorgestellt, der Sekretär, ein weißhaariger Mann, ließ sich von ihr mit Du anreden, und sie genierte sich noch und war zugleich stolz. Sobald sie draußen war, rief sie Frank an.
Sie trafen sich am Fluß. Niemand, den sie kannten, sah sie. Er stand auf einer Wiese voll schwarzem Gestrüpp, den Körper vorgebeugt, ein dünner Bart um das blasse Gesicht, die Augen bohrend auf sie gerichtet. Karin erzählte, was vorgefallen war. Er sagte: Wenn du jetzt nicht gekommen wärst – Aber sie umarmte ihn.

Während sie an dem vereisten Ufer langgingen, sprach er schnell und wütend allerlei Zeug: Ich habs nicht mehr ausgehalten ... ich wußte, da ist irgendwas, konnte mir das nicht erklären! Ich wußte nur: du willst mich nicht mehr haben. Er sagte: »Wenn du nicht gekommen wärst – ich glaube, ich hätte den Gashahn aufgedreht.«
Er sagte das ganz ernst, und Karin war belustigt über diesen trüben Ausbruch. Sie beruhigte ihn. »Es ist ja gut. Mach nicht so Theater deswegen, wir müssen sehn, wie wir das hinter uns bringen.« Aber sie dürfe noch niemandem erzählen, was sich abgespielt habe zuhause. »Ich darf dich nicht sehn. Ich durfte dir auch nichts sagen, weil die Möglichkeit besteht, daß ich dich damit warne.« Er lachte und schaute verzweifelt drein, schüttelte den schmalen kurzgeschorenen Kopf. Sie überlegten angestrengt, was man ihm vorwerfen könnte, es fiel ihnen nichts ein. Als er ausgelernt hatte als Fernmeldeelektriker, als sie ihn zufällig wiedergetroffen hatte nach drei Jahren, war sie überrascht gewesen, wie er sich verändert hatte. Alles, was sie früher gestört hatte, das laxe brutale Gehabe, die Oberflächlichkeit, das WESTLICHE GEREDE, hatte er sich abgewöhnt; es war unglaublich gewesen: er lief noch in dieser zerschabten Lederjacke herum und war ein anderer Mensch.

Sie gingen dann zu Frank nachhause. Er wohnte bei seiner Mutter in einer Neubauwohnung, in einer dieser gleichförmigen, langen, niedrigen Großblockhütten, mit denen die historische Altstadt besiedelt wurde, ein gesichtsloses Dorf. Seine Mutter war nicht da. Sie lasen noch einmal die Briefe durch, die ein früherer Schulfreund VON DRÜBEN geschickt hatte, Frank hatte davon erzählt; der war von den Grenztruppen abgehaun. In einem Brief stand, wenn Frank interessiert wär herüberzukommen, da wüßte man eine Stelle und einen Weg... Das konnte es sein – aber Frank lachte darüber, das würde er nie tun, was sollte er dort! Sie glaubte ihm. Das war zu lächerlich, sie suchten andere Sätze, aber fanden nichts, das den Verdacht erklären konnte. Das konnte es nicht sein.
Karin wollte aus der Wohnung heraus, eh seine Mutter komme; Frank war verstimmt. Sie gingen durch einen dunklen Park, ohne was zu reden. Er fragte sie dann, wo sie denn bleiben wolle! Sie sagte: er solle sich keine Sorgen machen, bei ihrer Schwester, oder sie könne auf den Bahnhof gehn. Sie kamen zum Bahnhof, tranken lauwarmen Tee mit Rum. Sie lehnte sich an ihn, und er hielt sie mit beiden Armen fest. Keiner nahm Notiz von ihnen, und es war ihnen jetzt egal. Er griff um ihre Brust, und sie fuhr mit ih-

rem Arm durch seine Sachen an seinen nackten Rücken. Während er eine Hand wie entschuldigend an ihr Gesicht legte, legte er die andere auf ihren Schoß. Jetzt, da es hier nichts werden konnte, hielt sie beide nichts zurück; ihre Finger berührten sich auf ihren Knien und drückten sich solidarisch und drängten, so gerechtfertigt, auf den Körper des andern ein. Sie machten sich verrückt, sie hieltens nicht mehr aus. Sie gingen hinaus, Wind und Matsch, liefen den Platz hinüber zum Interhotel. Karin wollte nicht mit Frank auf dasselbe Zimmer eingetragen sein, sie verlangten zwei. Als die Frau an der Reception die Personalien prüfte, verweigerte sie Frank die Unterkunft. Er sei in der Stadt polizeilich gemeldet, könne also kein Hotel benutzen. Sie setzten sich ins Restaurant und aßen etwas. Dann ließ Karin Frank nach oben gehn in ihr Zimmer, mit ihrem Schlüssel, sie kam paar Minuten später nach. Sie legten sich ins Bett. Sie fingen wieder an zu überlegen. Karin küßte ihn auf die Brust, auf den Leib, und er legte sich auf sie und drang in sie ein. Aber er dachte sogleich wieder nach und war nicht bei sich, und fühlte plötzlich, daß er nicht mehr in ihr war und sich nur so bewegte. Er erschrak, und es war erst mal vorbei. Karin war das Bett zu weich, sie warfen die Zudecke auf den Boden und legten sich hinunter. Das

Zimmer war überheizt, auf der Straße unten dröhnten die Fernlaster. Sie versuchten es wieder, sie quälten sich. Karin schlief endlich ein. Frank wälzte sich bis zum Morgen herum.

Sie ging am Vormittag in die Redaktion und erfuhr, daß noch kein Zimmer zu bekommen sei; sie müsse noch zwei oder drei Wochen nach K. zurück. Karin rief Frank an. Die Telefonistin schien auf der Strippe zu sitzen, dann meldete sich die Sekretärin und fragte nach ihrem Namen, dann kam der Meister an den Apparat, und Karin meldete sich nicht mehr, es wurde ihr zu offiziell. Sie schrieb Frank von K. aus einen Brief. In dem Moment, als sie ihn in den Kasten geworfen hatte, fiel ihr ein – daß er gelesen werden könnte. Sie bekam Angst. Aus dem Brief mußte hervorgehn, daß sie geplaudert hatte... Sie lief beschämt nachhaus. Wußte nicht, wie sie noch wen ansehn sollte. Sie sagte sich: *Du hast deine Eltern hintergangen. Du hast deine Eltern hintergangen.* Du kannst hier nicht bleiben. Bei allem, was sie zuhause machte oder sprach, kam sie sich verlogen vor und gemein. Es schien ihr unerträglich, in dieser Wohnung überführt zu werden. Sie saß auf Kohlen, sie wollte weg. Vier Tage drauf, die Lokalredaktion war leer, rief sie bei der Schwester in M. an. »Kann ich bei euch wohnen, bis ich ein Zimmer habe?« – »Ja, natürlich.« – Sie rief den Kaderleiter in M. an, er hatte nichts dagegen, wenn sie schon kommen wolle. Am selben Abend zog Karin nach M.

Sie traf sich nicht mit Frank. Wenn sie sich treffen würden, kämen sie keinen Tag mehr auseinander. Es würde alles sinnlos, was sie sagen müßte, sie wollte nichts sagen. Sie wollte warten.
Der Kaderleiter, kaum daß er groß mit ihr gesprochen hatte, brachte sie in die Wirtschaftsabteilung. Er blieb in der Tür stehn, klein und füllig, streckte strahlend den kahlen Kopf vor. »Wir wissen was sie kann. Sie wird hier nicht Mädchen für alles machen.« Ein Schreibtisch wurde freigeräumt, Karin nahm beklommen Platz, sie NAHM IHREN PLATZ EIN. Es war der Platz, auf den sie sich immer gewünscht hatte. Es gab nämlich, hatte sie gelernt, nur zwei Plätze im Leben, zwei Positionen. Auf der einen waren die, die ÜBERZEUGT waren und die andern überzeugen mußten. Der Vater und die Mutter gehörten auf jeden Fall dazu, und Karin und ihre Geschwister auch. Auf der andern – die MUSSTEN ÜBERZEUGT WERDEN. Der Fliesenleger Patrunky zum Beispiel, der unter ihnen gewohnt hatte in

P., war ein politisch unterbelichteter und oft besoffener Mensch, und mit seiner Frau war darüber nicht zu reden (und Karin hatte selten zu ihnen hinuntergedurft). Es gab dann noch eine dritte Position, aber die war ganz verloren. Das war die FEINDLICHE. Mit dem Feind diskutierte man nicht. Aber seinen Platz konnte man selbst wählen und behaupten, wenn man überzeugt genug war. Wenn man in seiner Überzeugung schwankte, mußte man an sich arbeiten, das mußte man dann tun, weil man sonst DIE POSITION AUFGAB. In der Schule hatte sie es genauer begriffen. Den Arbeitern, die ja, wie Genosse Lenin sagte, ihr Bewußtsein nicht selber bekommen können, denen muß man es bringen. Man muß es eben in sie hineintragen. Die Zeitung ist dazu am besten geeignet, man braucht sie nur zu lesen. Die Mutter arbeitete oft bis nachts in der Lokalredaktion. Die Zeitung ist der kollektive Agitator. Und der Organisator, wenn sie die Arbeiter zum Handeln bringt. Arbeiter arbeiten sowieso, aber geschichtlich handeln können sie nicht von allein. Da sie aber die fortschrittlichste Klasse sind, müssen sie das Bewußtsein jeden Tag bekommen. So einfach und so kompliziert war das. Aber Karin war längst überzeugt. Sie machte sich an die Arbeit. Der Abteilungsleiter F. schob ihr Manuskripte auf den Tisch: sie solle das Wichtigste auswählen und redigieren. Er lächelte gleichmäßig auf jedes Blatt, verschwand. Es waren die Diskussionsreden der letzten Tagung der Bezirksleitung. Die Wahl war schwer; nun mußte sie sich beweisen! Wie sollte sie das Wichtigste erfassen? Sie begann versuchsweise, die Texte in zwei Häuflein zu sortieren: die überwiegend POSITIVEN und die KRITISCHEN. Ein Manuskript, das mit optimistischen Sätzen begann, wollte sie gleich auf den ersten Stoß legen; eine Arbeiterin sprach da von den neuen Möglichkeiten unter den neuen Verhältnissen, also daß jeder die Möglichkeit habe, an den Veränderungen teilzunehmen. Aber Karin las dann weiter, und die Arbeiterin beschrieb die genaueren Umstände ihres sozialistischen Lebens:

»Unsere Abteilung entstand 1968 und nahm unter völlig ungeeigneten Bedingungen die Produktion von Impulsionslösungen auf. Noch 1970 wurde in schwerer Handarbeit und mit viel Aufwand ein Produkt hergestellt, das zu einem großen Teil wieder verworfen werden mußte. Es mühten sich hintereinander fünf Abteilungsleiter ab – ich habe vielleicht einen vergessen –, die Produktion in Gang zu bringen. Ich deute das alles nur an. Ein hektischer, unorganisierter Arbeitsablauf, unqualifizierte Arbeitskräfte und nicht beherrschte Technologie ließen unsere Ausschußberge wachsen. Keiner war zufrieden, jeder gereizt, und immer Streit. Es war keine Freude, morgens aufzustehn und da hinzugehn. Und die Arbeitsmoral, die Frauen hörten mitten in der Schicht auf und kündigten! Es wurden auch Jugendbrigaden gebildet. Aber sie fielen gleich wieder auseinander. Das politische Engagement war noch schwach; es half nicht, es immer wieder anzukurbeln. Alles wurde mit einem tierischen Ernst erledigt. Das Schlimmste an der ganzen Geschichte: daß auch die Leitung uneins war. Die Parteigruppe war klein, wurde an die Wand gedrückt und mußte sich mühselig behaupten. Genossen, ich konnte viele Nächte nicht schlafen. Weil ich mir über die Entwicklung Sorgen machte, weil wir nicht den Einfluß hatten, die Zustände zu verändern. Wer den Mund aufmachte, stieß auf eine Mauer des Schweigens. Es war zum Verzweifeln. Das hatte auch Auswirkungen auf das Familienleben. Was man im Betrieb schluckte, mußte man abends ausspucken, so daß man den Ehepartner noch belastete und die Ehe auch ins Schwanken kam. Man kam nirgends zu sich. Es war kein vernünftiges Leben.

Es ist nicht so, daß die Verantwortlichen im Betrieb dem tatenlos zusahn. Wir haben eine erste

Arbeitsgruppe gebildet, um die Wende einzuleiten, die Zustände zu untersuchen und die Produktion zu stabilisieren. Zuerst einmal wurde die Aufgabe klar erkannt, alles für das Wohl der Menschen zu tun und Schritt für Schritt die Arbeits- und Lebensbedingungen zu verbessern. Es war für uns ein stürmisches Jahr. Wir haben viel Nerven drangegeben, aber die Lage hat sich geändert. Wie haben wir das gemacht?«

Hier brach die Rede ab, es fehlten offensichtlich einige Seiten. Vielleicht hatte andere Redakteure die Geschichte erst von hier ab interessiert, und sie hatten den Schluß schon herausgenommen? Um nur den Schluß zu veröffentlichen? Aber wie hatte die Arbeiterin, nach dieser harten Schilderung, DEN BOGEN GEKRIEGT? Wie hatte diese Frau, unter diesen Bedingungen, diesen Optimismus bewahrt? Denn es konnte doch nicht plötzlich alles anders sein! Woher hatte sie die Kraft genommen, zu einem guten Schluß zu kommen? Wie lautete der Schluß?

Doch wie auch diese unvollendete Rede ausgegangen war – Karin war sich sicher, daß man sie ganz drucken mußte. Denn es mußte doch gut sein, das alles zu wissen. Sie bugsierte die Blätter auf den ersten Stoß. Aber würde sie keinen Fehler machen? Sie fühlte sich geprüft. Hatte sie das je so formuliert in der Zeitung gefunden? Und

dieser rücksichtslose Bericht neben all den anderen! Das fiel ja auf! Das waren zwei Welten, in demselben Land. Und es war doch alles wahr, das eine und das andere. Sie warf die Häuflein ineinander und begann von vorn.
Am nächsten Morgen waren die Reden in der Zeitung. Anders ausgewählt und gekürzt. F. kam herein und sagte heiter: »Es war nur ein Versuch für dich. Was denkst du denn!« Die Rede der Arbeiterin war nicht gedruckt. Karin verteidigte ihre Auswahl, und F. lächelte. Er nannte sie, lächelnd, eine *Kämpferin*. Das wunderte sie. Sie war, soviel sie wußte, hier auf ihrem Platz.

Abends bei der Schwester. Die kam, wenn sie überhaupt kam diese Woche, nach zehn von der Spätschicht, Friseuse; sonst ging sie, »zum Ausgleich«, mit Kolleginnen auf den Trip. Tanzen »und so«. Sie war, sagten die Eltern, AUS DER ART GESCHLAGEN. »Werde nicht wie sie!« Karin aber fand vieles an ihr wunderbar. Wie sie sich anzog, wie sie aussah. Sie kam sich dagegen dörflich vor. Sie war froh, bei ihr zu wohnen. Das Durcheinander machte ihr nichts aus, sie spielte mit den Kindern, die stellten die Bude auf den Kopf. Sie wollte mit ihnen erzählen, aber sie hörten nicht zu, sie hörten überhaupt auf nichts und waren renitent und abgebrüht, »die reagieren nur auf Schläge« (die Schwester). Sie waren Produkte dieser dicken Luft.

Den Schwager sah sie am dritten Tag: er war Fernfahrer, als sie kam, strich er die Türen. Er hatte allerhand Geschichten auf Lager. Nach zehn wurde er wortkarg. Er pinselte noch und fragte, ob ihr das neue Kleid im Flur gehöre. Karin verneinte, und er schwieg erbittert. Sie wagte nicht, schlafen zu gehn, drehte am Radio herum. Die Schwester erschien um eins. »Wo kommst du her« fragte er. »Du bist schon da« fragte sie. Er riß, ohne weiter was zu sagen, das Kleid vom Bügel, öffnete die Ofentür und stopfte es in die Glut, bis es brannte. Die Schwester schrie und schlug auf seinen Rücken. Er stand auf und hielt sie mit dem Farbpinsel von sich und schmierte sie in stummer Wut mit Farbe an, das Gesicht, die Arme, das Haar. Die Schwester heulte. Er ging ins Schlafzimmer. Karin half, die Farbe mit Terpentin von der Haut und aus dem Haar zu reiben. Sie saßen dann noch lange da.

Als Karin auf dem Sofa lag, dachte sie immerfort: so wirst du nicht leben. *Du wirst treu sein. Du wirst treu sein.* Im Halbschlaf hörte sie nachher das Knarren des Betts nebenan.

Am Morgen wachte sie auf, weil sie weinte. Das war ihr noch nie geschehn. Sie wußte nicht was los war, warum sie so traurig war! Sie überlegte, und Frank fiel ihr ein; und auf einmal hatte sie so starke Sehnsucht nach ihm und war so hilflos, daß ihr die Tränen in die Augen traten. Sie war den Tag gelähmt, träumte herum.
Am Nachmittag ging sie zu Frank.

Einige Tage drauf konnte sie ihr Zimmer ansehn. Hinterhaus, drei Treppen, eine separate Tür. Der Raum war drei Schritt tief und zweie breit, das Fenster in einer schrägen Wand auf einen engen Hof hinaus, der kaum Licht einließ, ein Abflußbecken. Die Dielen zerfallen, und die Tapete schwärzlich in Wellen zwischen lächerlichen Bildchen, und das Bett und alles Mobiliar unter Decken und geblümten Filzen. EIN GUTES GEWISSEN IST DAS BESTE RUHEKISSEN. Sie war nicht verwöhnt. Das hier, auch wenn sie dastand, als gings sie nichts an, nahm ihr die Luft. Sie stand ewig da. Die Wirtin blieb auf dem Treppenflur und musterte sie stumm. Der Geruch wurde unerträglich. Sie setzte sich aufs Bett. Dann stand sie wieder auf, nahm ihre Tasche – und ging, ohne im geringsten die Frau zu grüßen, die Treppe hinab.

Frank schlug ihr vor, dieweile zu ihnen zu ziehn. – »Und was sagt deine Mutter?« – »Dasselbe wohl.« – »Dann komm ich.«
Sie zog mit ihrem Bündel um. Die Wohnung hatte drei Zimmer; Karin durfte mit Frank im selben schlafen. Seine Mutter ließ es ohne Debatte zu. Sie war eine gute Frau, und Frank ließ sich längst nichts mehr sagen. Als der »Alte« ausgezogen war zu einer Andern, hatte Frank das lange mitgenommen. Er war wochenlang verstört gewesen. Die zwei Menschen, die er liebte, waren nicht mehr beieinander. Er hatte nicht mehr am Leben gehangen. Er war AUF DIE STRASSE GEGANGEN. Er hatte mit einer Truppe alles mitgemacht, und bald andere ANGESTIFTET. Die Mutter hatte sich an ihn geklammert und ihn BEWAHREN wollen: vor allem vor DEM STAAT. Sie glaubte nur, was aus dem anderen Kanal kam. Als Frank aus dem Werkhof zurückgekommen war, hatte er erklärt, er wolle sich »selbst erziehen«. Die Mutter hatte dem Frieden nicht getraut – wie er sich veränderte! Wenn sie auf was schimpfte, fuhr er ihr übern Mund! Dann hatte sie es aufgegeben. Den Alten nannte er nun: einen Verbrecher. Wenn er ihn in der Kneipe traf und der, betrunken, zärtlich wurde, zeigte er ihm offen seine Verachtung. Der Alte lief gekränkt weg zur Theke, schmiß Biere und

erzählte hochtrabend irgendwelche Sachen. Die Mutter ließ den Alten immer ein, er saß dann, ausruhnd von seinen »Geschäften«, in der Küche und trank ihren Kaffee. Was seine Geschäfte waren, ließ er nicht verlauten. Er küßte Karin die Hand, rückte an seinem weißen Kragen und weidete sich an ihrem Anblick. Er trabte dann gleich wieder ab; die Frau, mit geröteten Wangen, verkroch sich in den Töpfen im Abwasch und schrubbte und krachte herum.
In Franks Zimmer hingen Plakate für die Unidad Popular. Seit dem Militärputsch war er, sagte er, Chilene. Daß man dieses ganze Volk wieder unterdrücken konnte, hatte ihn erschüttert. Er hatte Fieber bekommen, er war halb krank geworden. Das ging ihm immer so, daß ihn alles selbst betraf. Er war »zu empfindlich« (sagte der Alte). Auf Arbeit konnte Frank kaum drüber reden. Er arbeitete allein, oder zu zweit. Er baute Fernmeldeanlagen oder flickte sie aus, in riesigen Gebäuden oder engen Schächten. »Kollektiv – das hab ich nie erlebt.« Er konnte nur mit sich selber reden. Das drehte ihn immer in sich selbst hinein, er war ganz wirr mitunter, wenn ihn was nicht losließ, und er kam von der Schicht und konnte gar nichts sagen. Als Karin so seltsam angerufen hatte – und er dachte: ich gefall ihr nicht, das ist alles aus! hatte ihn das ta-

gelang gepeinigt, seine Gedanken wie ein Ausschlag, der ihn juckte, er mußte darin kratzen, keine Arbeit lenkte ihn ab, sein Gehirn nur eine Wunde. Er hätte sich den Kopf einschlagen mögen.

Einmal sagte er: »Man müßte über die ČSSR und Österreich hinüber. Interbrigaden bilden!« Karin lachte. Er sagte es dann nicht wieder.

Karins Eltern wußten bald, wo sie sich aufhielt. Die Schwester mußte ihr Meldung machen. Der Vater habe ETWAS ANDERES von ihr erwartet. Die Mutter sei bekümmert. Dieses Zusammenziehn sei unsittlich, Karin sei ABGEGLITTEN. Der Ausdruck ASOZIAL war vorgekommen. Sie wisse nicht, was sie mache. In welche Gefahr sie sich begebe. Sie WOLLTEN DOCH DAS BESTE! Jedenfalls, sie habe sie ENTTÄUSCHT.

Die Tage wurden schlimm. Sie hielt es nirgends mit sich aus, in der Redaktion, oder beim Einkaufen. Ihr GEWISSEN ließ ihr keine Ruh. Die Arbeit machte sie wie nebenher. Den Eltern – wollte sie nicht weh tun, lieber dreimal sich. Sie wußte doch, daß sie das Beste wollten. Alle wollten das Beste hier, sie hatte es immer erfahren. Vielleicht nicht immer erfahren, aber doch gehört. Sie hatte sich verhalten, wie man es von ihr erwartete. Sie hatte sich BENOMMEN, daß ihr die Prädikate »brav« und »artig« zugesprochen wurden, sie war nie AUS DER REIHE GETANZT, lieber hatte sie die Reihe angeführt: im Gruppenrat der Klasse, im Freundschaftsrat der Schule. Siebenmal an sieben verschiedenen Schulen, während der Vater in den Funktionen stieg, und es war für sie das Beste: sie hatte sich durchbeißen müssen. Das sah sie ja!

Jetzt sah sie nichts mehr.

Sie wurde schwanger. In den ersten Tagen vergaß sies immer wieder, oder sie dachte an sich wie an einen andern Menschen: die kriegt ein Kind, stell dir das vor! – aber erschrak dann, daß sies selber war, und das in ihr vorging und wachsen würde, sie hatte nichts damit zu tun. Dann dachte sie, sie habe nichts dagegen. Für die Gedanken konnte man, der Körper ging keinen an. Der konnte nichts einsehn oder anders machen, der lebte wie es kam. Das war auch lustig. Für all die Theorien war er nicht zuhaus. Durch seine eignen Ohren war ihm nicht reinzureden. Sie lief nur so herum mit ihm.

Nur manchmal, wenn sie ganz ruhig war und zu sich kam, drehte sich alles heraus an ihr, sie war das Fleisch und die Haut, und das Haar, und empfand sich mit allen Fasern, lag so da. Erinnerte sich entfernt an irgendwelche Gedanken, an denen sonst alles hing, die schwammen so weg, und lächelte weit weg von jedem Grund.

Einmal nach Arbeitsschluß stand der Vater vor der Redaktion. Er lehnte an der offnen Tür des Wagens und sah müde aus. Er bat sie, zur Schwester mitzukommen. Sie stieg in den Wagen, er vorn neben dem Fahrer, beugte sich halb herum und fragte »Wie gehts?« Sie nickte verwirrt, er drehte sich wieder nach vorn und redete mit dem Fahrer.

In dem Hause lief er stumm voraus; oben ging es los. Er lief, im Mantel, die Hände auf dem Rükken, vor ihr hin und her, sie saß im Sessel, zusammengezogen, die Hände vor dem Mund geballt. Er sagte: sie habe seine Offenheit mißbraucht. Sie habe Frank nicht nur getroffen, sie habe nicht nur mit ihm geredet, sie sei bei ihm eingezogen! Er sagte: ihm sei, als habe er eine Ohrfeige bekommen. Sie habe kein Vertrauen zu ihm, sie habe DAS VERTRAUEN GEBROCHEN, sie sei nicht wert, daß er sich um sie sorge. Karin erwiderte: »Du kennst ihn gar nicht. Du hast ihn dreimal gesehn. Ich kenne Frank. Traust du mir nicht zu, daß ich ihn besser kenn als du?« Was man ihm unterstelle, sie wisse ja nicht was, halte sie für ganz falsch! »Kannst du dir gar nicht vorstelln, daß du vielleicht irrst? Daß es vielleicht richtig sein könnte, was ich von ihm denke? Kommst du nicht auf die Idee?« Der Vater brauste auf: auf solche Ideen käm er nicht! Dann verlor er die Beherrschung. Die Schwester lief hinaus. Er schrie: Du ziehst dort aus! Karin schwieg, unsichrer als zuvor. Er sagte dann ruhig: sie solle die Briefe beschaffen. – »Welche Briefe? Von drüben die?« – »Du weißt es? Die er bekommen hat. Bring sie deinem Sekretär.« Sie schwieg wieder. Er sah sie minutenlang an, ging rasch weg.

Karin zog wieder zur Schwester. Frank sah es zunächst ein. Es hatte alles Zeit. Er half ihr die Sachen packen. Als sie gehn wollte, saß der Alte in der Küche, mit rotem Gesicht, stierte vor sich hin. Die Frau stand abgewandt beiseite. Karin grüßte kurz, und er sprang auf, riß Frank das Bündel aus dem Arm und schleuderte es auf die Dielen. »Sie geht. Siehst dus? Sie denkt dir nur an sich!« Frank hielt ihn an den Armen, und der Alte schlug ihn auf den Kopf. »Begreifst du? Der Herr Papa hat sich geäußert. Wir sind kein Milieu für sie. Wir sind nur Flecken, auf den Familienfotos. Flecken auf seinen Akten.« Er spie aus. Er hielt sich am Herd, es war ihm übel. »Raus mit ihr. Sie ist nur egoistisch. Hier ist sie ausgeladen!« Er schob ihr, mit einer plötzlichen Bewegung, den Tisch in den Leib, daß sie an die Tür fiel; sie riß sie auf und stolperte hinaus. Frank, ganz blaß, wollte sich auf ihn werfen, aber besann sich und half erst Karin auf. Sie zog ihn, mit allen Kräften, die sie noch hatte, die Treppe mit hinab und aus dem Haus.

An einem der Abende, die sie sich sahn, sie standen in einem kahlen verwahrlosten Garten, eine Mauer herum, wurde Karin wieder das Elend bewußt, sie heulte los. Frank sagte: »Mit dem Alten, rede ich nicht mehr.« Auf dem Boden lag kein Schnee mehr, alles nackt, das harte Gras knirschte unter den Schritten. Er hielt sie, und sie lehnte sich an ihn und starrte in welche Äste, die sich schwarz und zerknickt in die Luft drehten. Dann war das alles unwirklich, der fremde Garten, Bäume, sie mußte gar nicht hiersein, dieser Junge, was hatte sie mit dem, und Vater und Mutter – es war nur Angst gewesen. Angst brauchte sie nicht haben, das betraf sie gar nicht, sie lebte in einem andren Land. Aber sie wußte zugleich, daß es nicht so war, und irgendwie anders, und preßte sich an Frank. Sie schloß die Augen und biß die Zähne zusammen und schlug auf seinen Nacken: nichts sehen, nichts! Dann war ihr alles wieder klar. Sie war ganz erschöpft.

Er hielt sie noch, sie war wie aufgelöst, fielen auf eine große Kiste neben der Mauer. Sie ließ ihn sofort in sich, und klammerte sich an ihn, es war ihr gleich wie ihm das vorkam. Sie dachte nur: jetzt muß es *schön* werden; wie rasend, sie nahm alle Kraft zusammen. Dann schien ihr, daß es *das war,* und alles Denken schwand weg, sie weinte, es klang wie ein Lachen, hörte nicht auf. Frank saß verwirrt daneben. Es war zum erstenmal schön.

Wenig später händigte ihr Frank die Briefe aus. Sie hatte nur gesagt: sie müsses der Zeitung zeigen, weil sie das interessiert, weil sie das wissen muß. Sie brachte die Briefe dem Parteisekretär. Der nahm das so hin, das war ja gut; sie hatte ohnehin ein Schreiben bekommen, daß alle WESTVERBINDUNGEN zu melden seien. Sie unterhielten sich, über andere Sachen. Der Vater kam vor – er hatte nach ihr gefragt, der Sekretär hielt viel von ihm. Sie war ganz guter Dinge.
An einem Freitag wurde Karin bestellt. Es saß noch ein Dritter im Zimmer, den hatte sie nie gesehn. Er sagte erst nichts. Der Parteisekretär fragte, was sie von ihrer Arbeit halte. Ob sie sie gerne mache? – Ja. – Und wie sie zu ihr stehe? Was sie selber denke? – Nichts anderes! Was

solle sie denn denken? – Ja. Sie könne doch sagen, was sie nicht begreife! – Sie wußte nichts zu sagen. Der Andere, ein freundlicher junger Bursche, kaum älter als sie, bat sie, die *ganze Angelegenheit* noch einmal zu erzählen. Er sei damit befaßt. Sie sagte alles, und es schien ihr wieder nichts. Was war denn geschehen! – Der junge Mann versetzte: sie wisse wohl gar nicht, was sie zu tun und zu lassen habe? Sie habe sich vollkommen falsch verhalten! Sie habe ihren Eltern nicht geglaubt! Sie habe versagt. Sie merke nicht, in was für eine Sache sie gerate ... die sie gar nicht überblicken könne. Karin starrte den Jungen an. »Was wollen Sie denn eigentlich von mir!« – Er schwieg. Und sagte dann: er rate ihr *dringend*, diese Beziehung abzubrechen, so schnell wie möglich, heute, also sofort! – Sie war geschockt. Sie schüttelte den Kopf. Sie hörte noch, und hörte nur halb: daß sie, im andern Fall, nicht in der Redaktion, also verlassen müsse, nach H., sie könnten, und als Bezirksorgan, das müßte sie sich selber, solche Leute nicht leisten können! Sie sah auf und sah den Sekretär an, und lächelte bis ihr bewußt war, daß ers war, der es sagte.

Sie ging zum Kaderleiter. Sie glaubte, daß er ihr helfen müsse, so väterlich sah er sie an. Sie erzählte alles heraus. Sie meinte, jetzt würde er das

entwirren, mit einem Satz den ganzen Unfug niederreißen! Er saß stumm da und hielt seinen kahlen Kopf. Er sagte: »Trennen Sie sich von ihm. Was ich Ihnen sagen kann – trennen Sie sich von ihm. Ja, trennen Sie sich von ihm.« – Sie sagte noch was, er blieb fest bei dem Satz. Den folgenden Morgen fuhr sie heim.
Frank brachte sie zum Bus. Er wußte sofort, daß irgendwas geschehn war. Aber sie sagte nichts. Sie müsse jetzt mal nachhause. Er wußte nur nicht, ob *ihr* etwas geschehn war, oder *in* ihr... Er hatte seine Erfahrungen mit ihr. Es konnte sein, sie riefe wieder an – und es wär vorbei. Er hatte Angst, daß sie ihm abhaut. Und auf ihre Eltern hört, weil er VERDÄCHTIG war... Was war ihr wichtig. Er konnte nicht in sie reinsehn. Er begriff nichts. Und wenn man gegen ihn ermittelte, und sie wußte es? Sie standen lange da. Er sah sie, sie gefiel ihm rasend, das offene Gesicht, das Haar, die Stirn – da, dahinter war alles, mit Händen zu greifen, er hätte sie packen können! Er stand ganz starr da. Was hielte er dann, außer sich an ihr. Er würde nichts von ihr erfahren, der TOCHTER. Die kannst du nicht halten. Da weißt du nichts, außer dem Anblick.
Als sie einstieg, traten ihm Tränen in die Augen, sie sah es; er beherrschte sich mit Mühe, blickte sie immer an. Der Zustand war ihr schreck-

lich, sie wendete sich weg. Als der Bus fuhr, schluchzte sie hemmungslos.
Das Land draußen, als sie einmal hinsah, leuchtete, wie von Flutlicht angestrahlt. Sie sah verwirrt draufhin, die Felder beinahe grünlich, die Äste schlugen vorbei mit kleinen Knospen. An der Straße Bäume wie Schwangere, die Kugelbäuche dicht am Boden. Ganz sanfte helle Hügel, auf den Kuppen Wälder. Schneezäune, umgestürzt. Der Himmel – aber mit Himmeln konnte sie nie viel anfangen. Überhaupt die JUNGFRÄULICHE Natur (die noch kein Mensch berührt hat) schien ihr fast kitschig. An einem Kiefernwald ein Schild genagelt: SCHONUNG. Die Bäume, dachte sie, werden hier geschont. Sie lachte kindisch. Sie wurde müde, wie nach einem Gewaltmarsch. Sie kam ins Dämmern. Vor K. wachte sie wieder auf. Am Ortseingang Losungen, einige neue Blöcke. Dann in die enge Straße, die Häuser standen so herum, wie nie aufgeräumt, niedrige Fachwerkbauten. Die wurden, als sie sie ansah, kleiner, fast nicht mehr bewohnbar. Die Ziegelwände der Fabrik, 1880. Am Rat der Stadt die Staats- und die Eisfahne aus dem Fenster. Auf einer Kugel die Friedenstaube, die Brust wie ein Reichsadler geschwellt. Am Speicher eine Schrift: ALLES ZUM WOHL DES MENSCHEN. Sie war *zuhause*.

Sie wußte auf einmal, was kommen würde. Jetzt war es aus.

Es war Samstag. Die Eltern im Haus, der Vater saß mit einem Buch im Sessel und starrte immer auf eine Seite. »Findest du dich her« sagte er und sah wieder auf das Buch, machte mehrmals den Versuch, es wegzulegen, aber kam nicht davon los. »Hör dir das an« rief er, aber schwieg wieder, lehnte sich zurück und schaute irgendwohin durch die Wand. Karin war das merkwürdig, denn obwohl sich der Vater flüchtig auf dem laufenden hielt, hatte ihn Literatur nie sonderlich ergriffen, er hatte sie von dem Punkt des Nutzens für die eigentliche Arbeit betrachtet und das offizielle Lob oder die halboffizielle Kritik referiert, aber nicht die Sachen gelesen. Das lag schon daran, daß die Literaten in unkonzentrierter Weise über alle möglichen Dinge schrieben, beinah so wie ihnen das einfiel, statt sich auf die wesentliche, aktuelle Frage zu einigen und lieber das *eine*, notwendige Buch zu verfassen als so unübersichtlich viele. Außerdem, als gelernter Historiker mit statistischen Neigungen, hatte er einen Widerwillen gegen die belletristische Darstellungsweise. Jetzt stand er auf, hielt das Buch vor sich und las: »Entlastung // Als er entließ sich aus dem hohen Amt, / Da war es ihm, als würd er reich beschert. / Der warme Sommertag hat ihn durchflammt / Wie neues Leben, wahrhaft lebenswert.« Er lächelte, fuhr dann ernst fort: »Als er entlassen wurde aus dem Amt, / Da war es ihm, als ging er unbeschwert – / O selbst hat er sich zu dem Amt verdammt, / Hat Amt und Titel nur zu sehr begehrt. // Nun darf er gehn und wieder Beine haben! / Wie lang lag er in Sitzungen begraben! / Nun fährt er mit der Straßenbahn«, – er hob die Arme und die Stimme: »Er hat das Leben wieder neu entdeckt. / Wie sich das Leben ihm entgegenstreckt! / Und er kommt mitten in dem Leben an. – Becher, das letzte was er zu sagen hatte. Nun fährt er mit der Straßenbahn. Nur zu sehr begehrt! ... Und er kommt in dem Leben an.« Es war der sechste Band der Werkausgabe, Abschnitt NACHLESE, er hatte nur hineingeschaut. »Ein Dichter.« Er war beunruhigt. Er las das jedem vor. Die Mutter fand das Gedicht schwach. Es sei resignativ. Da fehle ihr der Inhalt, der Lebensinhalt. Es sei auch mehr ein Scherz. Das Leben sei doch DIE FUNKTION! Wenn man sie ausfülle. Der Ratsvorsitzende dachte das auch, aber weil sies so entschieden sagte, widersprach er ihr. »Und was heißt das ›in Sitzungen begraben‹? und ›das Leben ihm entgegenstreckt‹? Es ist mehr ein Gefühl, worum es geht!« – »Gefühle stimmen nicht, wenn man sie aufschreibt. Fühlen kannst du sonstwas; formulieren – da mußt du es erst wissen.« Der Sozialismus ist eine WISSENSCHAFT, jedenfalls der reale. Sie finde nicht, was ihn da so errege! – Er wußte es auch nicht. Karin fiel ein, daß mit der Mutter nie zu diskutieren war, die sagte immer: das *ist* so, und dann solltes so sein. Sie dachte sich nie in etwas anderes hinein. – Die Mutter dann: Becher hab Besseres geschrieben, das von dem *Staat, der so geliebt ist und geehrt*, das sei auch viel bekannter. – Ja, ja, sagte der Vater, sie briet sechs Schnitzel in der großen Pfanne. Er ging bis zum Mittag in sein Zimmer.

Nach dem Essen hörten die Eltern Karin an. Sie saßen noch am Tisch, die Geschwister durften hinaus. Das Licht fiel durch die Gardine in Mustern auf den Boden, die kleine Stube, es war völlig still, nur die Uhr tickte auf dem Buffet. Sie kam sich wieder wie als Kind vor, das erzählen will, wie andre es gehauen haben, und nichts als Trost will. Sie sagte, der Mann, der dagewesen sei – das hab sich so gefährlich angehört, er hab es ihr so vorgemalt, daß sie nicht mehr könne! Das müsse was ganz Schlimmes sein mit Frank, der Mann konnt es nicht sagen. Sie wisse nicht mehr aus noch ein! Sie wolle sich nie trennen – aber sie halte es nicht mehr aus! Sie wisse auch

nicht, ob sie nicht nach H. müsse. Sie sagte: Sagt mir was ich soll. Es geht jetzt nicht mehr.
Die Eltern hörten sie ruhig an. Der Vater strich ihr übern Kopf. »Gut. Wir fahren Montag hin. Du holst deine Sachen. Und kommst zurück nach K.«
Als Karin aus der Stube war, blieb er bedrückt sitzen. Er sagte: »Sie lieben sich doch wirklich. Ich seh doch, wie sie leidet. Ihr kann ich doch sagen was ist.« Und sah das abweisende Gesicht der Frau und schwieg gequält, und schlug plötzlich auf den Tisch.

Karin blieb den Sonntag im Haus. Sie sah ein, daß mit ihr so verfahren wurde. Daß sich die Zeitung nicht erlauben konnte, eine Mitarbeiterin zu haben, die ein Fragezeichen war. Sollten sie das erst klären, sie war einverstanden. Sie kannte ja die Parteiarbeit und VERSTAND deshalb manche Verhaltensweise, die ein normaler Mensch, zum Beispiel Franks Mutter, überhaupt nicht kapierte.
Sie las in einem Buch herum, das auf dem Tisch des Bruders lag. Sie hatte von dem Buch gehört, allein das Wort »Leiden« im Titel war erschrekkend genug. In der Zeitung hatte gestanden, der Verfasser versuche, seine eigenen Leiden der Ge-

sellschaft »aufzuoktroyieren«. Das wäre, dachte sie jetzt, immerhin neu, daß das Leid des einzelnen die Gesellschaft stören würde. Da mußte der einzelne allerhand in ihr bedeuten. Karin gefiel die Geschichte, und es schien ein authentischer Fall zu sein, und wenn nicht das, so klangen doch die Gedanken dieses Wibeau, und wie er sie äußerte, wie mitgeschrieben. (Der Bruder hatte viele Ja! und Genau! an den Rand gekritzelt.) Nur war ihr, als sie nachdachte, der »junge W.« zu jung, zwei Jahre wenigstens: sie verstand ihn, aber verstand sich davon nicht besser. Er sprach sich mal herrlich aus – aber der Werther, den er immer zitierte, hing noch anders mit der Welt zusammen. Das hatten sie in der Schule behandelt. Der stieß sich an ihrem Kern. W. stieß sich an allem Äußeren, das war lustig, und ging per Zufall über den Jordan. Das Ungeheure in dem »Werther« war, daß da ein Riß durch die Welt ging, und durch ihn selbst. Das war eine alte Zeit. Und doch war auch in all dem Äußeren ein *Inneres*, W. drang nur nicht hinein, ein tieferer Widerspruch – den man finden müßte! Wie würde ein Buch sein – und auf sie wirken, in dem einer heute an den Riß kam ... in den er stürzen mußte. Sie würde das Buch vielleicht hassen.

Am Montag fuhr sie der Chauffeur nach M. Der Vater hatte zufällig dort zu tun. Die Mutter fuhr nur so mit. Karins Sachen lagen noch bei Frank, der hatte sie ihr seit dem Rauswurf nicht gebracht, damit sie wieder zu ihm ziehe. Die Mutter ließ ihr zwei Stunden Zeit, an ihr Zeug zu kommen.
Karin suchte Frank im neuen Warenhaus, wo er Anlagen baute, stieg in die halbfertigen Etagen, den Keller durch, er war nicht zu finden. Sie ging zu der Wohnung; die Nachbarin, wußte sie, hatte den Schlüssel, Franks Mutter gab ihn immer hinein, wenn sie zur Arbeit ging, weil sie vor sich drauf bestand, der Alte könnte eines Tags *nachhause wolln*. Karin bekam den Schlüssel, klingelte aber, falls doch jemand da wäre, um nicht so einzubrechen. Frank öffnete die Tür.
Beim ersten Anblick dachte sie, er sei betrunken. Er schwankte und hielt sich an der Tür, taumelte dann zurück. Das Hemd hing ihm aus der Hose, das kurze Haar wirr in der Stirn, die Augen halb geschlossen. Aber sein Mund war weiß, die Lippen weiß verkrustet. Er lächelte sie an. Sie erschrak so, daß sie ihn nicht grüßte. Er machte nur die Tür auf und legte sich sofort aufs Sofa. Sie reagierte nicht darauf, sie dachte: wenn er betrunken ist, ists mir egal. Sie sah nach ihren Sachen und packte, was sie fand, in den Koffer.

Frank wurde wieder wach, hob halb den Kopf und sah ihr entgeistert zu. Nach einer Weile kam er zu sich. »Das kannst du nicht machen« sagte er, »hör auf!« Er setzte sich auf, mit verzerrtem, schweißigem Gesicht, »warum machst du das!«, wiederholte immer die Worte. Karin sagte: »Mach mir keine Schwierigkeiten, Frank – es geht nicht anders.« Sie wollte keine großen Erklärungen abgeben, wozu auch, wenn er nicht bei sich war! Dann merkte sie: er war gar nicht betrunken. Sie fühlte, wie ihr das Blut aus den Armen und dem Gesicht wich, die Haut brannte bis hinauf zum Scheitel, die Hände sackten in den Koffer. Er keuchte: »Hör auf. Ich schlaf gleich ein. Ich kriege gar nichts richtig mit – Du kannst jetzt nicht weggehn. Du mußt unbedingt noch bleiben ... du mußt noch mit mir sprechen! aber warte –« Sie sah jetzt auf dem Tisch, neben einem orangefarbenen Büchlein, eine Schachtel liegen, Schlaftabletten. Die Dosis mußte groß gewesen sein. Sie trat etwas zurück, Frank rief: »Warte bitte ... ich muß mich erst wachkriegen, ich schlafe gleich ein! Ich spüre das.« Ihr fiel plötzlich ein, wie viele furchtbare Situationen sie mit einemmal erlebte, sie hätte weinen können vor Mitleid mit sich. Sie sah zugleich dieses verstörte, verschwommene Gesicht vor sich, die aufgerissenen Augen, und ein ziehender Schmerz bog ihr die Schultern zusammen (und sie wunderte sich, daß der Körper so selbständig ihr Gefühl mitvollzog). Sie wußte gar nicht, ob sie ihn liebt. Jetzt empfand sie nur Überdruß. Sie sagte sich: Jetzt mußt du hartbleiben. *Du mußt jetzt weg hier. Sonst gehst du nie weg.* Sie packte mechanisch den Koffer weiter ein. Frank hing auf den Knien, umklammerte ihre Beine und wiederholte monoton: Bleib hier!, mit einer hohlen, schnarrenden Stimme, es klang wie ein pausenloses I-ah. Hielt dann inne und fragte unvermittelt klar: »Und was wird aus dem Kind?« Sie sagte: »– Das weiß ich nicht.«

Als Karin ging, erhob er sich, hielt ihr die Türe auf. Sie trat hinaus. Er sagte, langsam und ernst: Ich liebe dich. Ich liebe dich. Ich liebe dich. Ich liebe dich. Ich liebe dich. Sie machte die Tür zu, sie konnte es nicht mehr sehn. Fuhr erschöpft mit dem Fahrstuhl hinunter.

Die Mutter war noch nicht da. Karin wartete, um sich an ihre Brust zu werfen, sie glaubte jetzt, sie habe niemanden lieb wie sie.

Dann fuhr der Wagen vor. Der Fahrer verstaute den Koffer. Karin stieg hinten zur Mutter ein, und jetzt erst verlor sie alle Beherrschung, sie sank in den Sitz mit schlaffen, bleiernen Beinen. Die Mutter machte rasche abwehrende Bewegungen, Karin verstand sie nicht und preßte das

Gesicht in die Hände, und fühlte ihren Arm herabgedrückt, die Mutter sagte: Warte noch mit Reden. Aber redete dann tuschelnd selber los, allerlei tröstende Worte: Wenn du nicht mit ihm das, das, das ist nicht das Schlimmste, wie du denkst, du, du findest noch genug! – und hielt ihren Kopf dicht vor sie, dick, ein dunkles Rot auf den Lippen, sie war beim Friseur gewesen, Karin drückte sich an die Tür. Du kannst noch tausend kriegen. Die du genauso lieben kannst!, und sah auf den Nacken des Fahrers, der nichts bemerken sollte; Karin sagte endlich: Halt die Klappe ... Ich kanns nicht hören. Es widerte sie an.

Unterwegs hielt der Fahrer, um zu tanken. Als er hinter dem Wagen stand, sagte sie: »Weißt du, übrigens krieg ich ein Kind von Frank.« Die Mutter riß den Mund auf, blieb aber stumm, ihre Mundwinkel zuckten, als wenn sie lachte. Versetzte dann mit einer harten, beleidigten Stimme: »Ach, jetzt mußt du auch noch ins Krankenhaus«, nur diesen einen Satz. Karin meinte sekundenlang, daß sie irr würde. Die Gedanken drehten sich so im Kopf weg, als überschlügen sie sich schmerzhaft unter der Schädeldecke; nur wußte sie noch genau, daß sie das fühlte. Sie glaubte, ihr Gehirn zerplatze. »Mensch, bist du schmutzig«, sagte sie. Der Fahrer zahlte draußen. »Ist es vielleicht nicht möglich, daß ich das Kind *will* – daß ich eins haben möchte?« – »Aber doch nicht *von so einem Mann!* Und außerdem hast du dein Studium vor dir!« – »Hör auf damit. Sei doch still« schrie sie. Der Fahrer fuhr wieder los. Die Mutter schwieg bis K.

Karin warf sich aufs Bett. Die Mutter trat mit der kleinen Schwester herein und sagte: Karin sei so krank, ganz krank, sie müsse ins Krankenhaus. Die Schwester schaute sie traurig an. Karin lag reglos da und dachte: wie kann die Frau sowas sagen? sie kann doch nicht verfügen über dich wie über einen Gegenstand! Aber sie brachte nichts heraus. Sie lag ins Kissen vergraben und fühlte ihr Bewußtsein aus dem Kopf strömen, ihr war als beule sich ihr leerer Schädel ein, zu einem harten Klumpen. Sie hörte den Bruder unten auf dem Klavier üben, Variationen von Mozart auf ein Lied, das sie vor Weihnachten sangen, *Morgen kommt der Weihnachtsmann* ... die Töne klimperten immer wieder den Beginn, sie sah den Tisch, die Stühle alles kleiner werden und wie weggerückt stehn, sie erinnerte sich, schon einmal alles so gesehn zu haben, als sie als Kind mit Fieber niederlag. Dann sank sie langsam durch alles durch. Das tat ihr weh, und doch tat es zugleich wohl. Denn einmal mußte das geschehn, einmal mußte sie herausfalln aus dieser Welt. Jetzt also fiel sie: und nun glaubte sie, daß sie darauf gewartet hatte. Sie tat sich nur leid, diese Geborgenheit, die Übereinstimmung mit allem zu verlieren. Das war, als würde sie sich selbst verlieren.

Sie fiel in einen halben Schlaf, wußte nicht mehr, wann sie schlief und wann sie überlegte. Am letzten Tag in der Redaktion mußte sie eine Seite fertigmachen. Zu einem großen Bild, von Napalm verbrannte Kinder, fehlte ein Text, aber ihr fiel nichts ein, und als sie immer auf das Bild sehn mußte, sträubte sich alles in ihr, dafür Worte zu finden, vor allen Worten ekelte ihr, sie strich sie auf dem Papier so heftig durch, daß es zerratzte. Sie ging mit der Seite zu F., aber auf seinem Stuhl saß der dicke Kaderleiter und fuhr ihr zärtlich über den Kopf und sagte: Trennen Sie sich von ihm. Sie sah gar keinen Zusammenhang zwischen den vietnamesischen Kindern und dieser Forderung, sich zu trennen, und der Kaderleiter sagte lachend: Schreiben Sie *das*! schreiben Sie was Sie denken, es muß noch in die Druckerei. Aber ich weiß ja nicht was ich denke, mir fällt nichts mehr ein! erwiderte sie bettelnd. Träumen Sie denn nichts? sagte er, schreiben Sie was Sie träumen. Sie legte sich heulend schlafen,

aber ein warmer schweißiger Arm lag immer um ihren Hals, sie konnte sich nicht konzentrieren, und viele Hände drangen in ihren Schoß und strichen über die Schamlippen, was sie so erregte, daß ihr Körper mit allen Gliedern dick anschwoll und gegen die Wand flog. Sie hielt sich an einem der Männer fest, und mehrere andere standen dabei mit bedenklichen Mienen, aber sie schämte sich nicht, weil alle auch nackt waren, und alle schliefen, ja, sie schliefen plötzlich alle, und sie fragte sich: soll ich das schreiben? soll ich das schreiben? mir glaubt doch keiner!, und dann hielt sie die Zeitung in der Hand, ausgedruckt, und ringsherum war ein roter Rand, aber die Seite völlig leer. Da war sie beruhigt.
Dann wachte sie wieder auf, und dann dämmerte sie wieder ein.

Spätabends hörte Karin ein Klingeln, das sich wiederholte; sie war hellwach. Die Mutter meldete sich am Telefon und schrie auf. Karin wußte im selben Augenblick: es war etwas passiert mit Frank, sie wußte es sofort, es war ihr vollkommen klar.

Sie lief bleich in die Diele hinab und fragte nur: *Was hat er gemacht?* – »Der hat den Gashahn aufgedreht.« Die Mutter gab ihr fahrig den Hörer in die Hand, er war naß. Karin vernahm den Alten aus einer Zelle an einer lauten Straße. Er fragte: ob sie nicht wisse, was es für Tabletten –? – Nein, sie habe nicht darauf geachtet! – Aber wieviel, wieviel? – Nein, sie wisse es nicht. Sie schämte sich. Es knackte im Telefon, sie lauschte noch hinein. Sie kam sich oberflächlich, dumm, unmenschlich vor. Sie hatte Frank liegenlassen, ohne wissen zu wolln, was weiter in ihm vorgeht! Ohne sich nur zu fragen. Oder jemandem was zu sagen, seiner Mutter – es war ihr nicht eingefalln. Sie legte, als sie merkte, daß nichts mehr zu hören war, den Hörer auf, lief in das Schlafzimmer, der Vater zog sich an. Sie sagte: Ich will sofort hin. Wenn du mich nicht fährst – ich komm allein hin. Oder ich geh zu Fuß. Aber vielleicht ists besser, wenn du mich fährst. Der Mann, indem er die Hosenträger hochzog, sagte in einem weichen, ganz kindlichen Ton: Mein Gott, mußte es soweit kommen. Sein Gesicht war grau, er tat ihr leid. Binnen Minuten saßen sie zu dritt im Wagen.

Sie sprachen unterwegs kein Wort. Die Mutter saß hinten, aber abgerückt, wie um zu zeigen, daß der Fall mit Karin nichts zu tun habe. Draußen Nacht. Karin starrte hinaus, nahm nichts wahr. Nur manchmal rückte die Kante eines Hauses dicht heran, oder die Bäume tauchten mit weißen erschreckten Gliedern vom Boden auf und langten über das Dach, als schlügen sie in den Wagen. Die Orte alle fremd. Dann wars ihr schrecklich, daß sie nicht allein fuhr; sie fühlte sich belästigt, sie würde Frank nicht ungestört betrachten können, gar nichts empfinden können. Ein hilfloser Zorn schlug in ihr hoch, daß ihr dies Letzte verdorben wurde und zerredet. Einmal, als ein LKW aus einer Kurve bog und sein Licht blendend den Wagen füllte, hoffte sie, er werde sie alle zermalmen.

Um eins hielten sie am Krankenhaus. Karin sah plötzlich alles schmerzend genau und überdeutlich, wie in der ersten Reihe in einem Breitwandkino, nur wunderte sie sich, daß sie den Ton nicht hörte. Es war ein weitläufiger Bau aus den Gründerjahren, das massive Hauptgebäude durch Gänge mit den Pavillons verbunden. Der Pförtner, in einer schwach erleuchteten Loge, ein Regulator an der Wand (1 Uhr 13), ließ sie nicht durch, der Vater schien auf ihn einzuschrein. Der Pförtner rekelte sich und telefonierte in Zeitlupe, verschwand dann rückwärts aus der Loge. Der Vater zog sie rigoros die Treppe hinauf, die Stufen gaben nach, sie trat wie im Wasser und war bis zum Hals naß, sie hatte Mühe, Luft zu schnappen. Es ging in einen Korridor, ein langer Korridor, und an seinem Ende hinten lag da eine Gestalt, auf einer Fahrbahre, verbogen in einem weißen Laken. Eine Spanische Wand halb davor, drei Schwestern standen daneben. Karin trat dicht heran und fragte sich: Lebt er denn noch? Lebt er überhaupt noch? Dann setzte der Ton ein, ein lautes Tropfen, sie sah einen kleinen Filter in einem Plastikschlauch, der steckte an einer Flasche mit einer durchsichtigen Flüssigkeit, die an einem Ständer hing. Das andere Ende des Schlauchs war an einem weggestreckten Arm befestigt, mit einer Nadel in einer Vene, die sie genau sah auf dem weißen Fleisch. Im Gesicht lag eine Maske, mit anderen Schläuchen daran, die zu einer Apparatur an einer Stahlflasche führten hinter dem Lager. Karin fragte endlich laut, aber mit erstickter Stimme; die Schwestern sahn sie nur an und sagten nichts. Sie dachte einen Augenblick, sie hätte unhörbar gesprochen, und die alte unter den Schwestern zuckte die Achseln, als wenn sie nicht wüßte, was es noch zu fragen gebe. Karin sah das stille weiße Gesicht des Jungen, er atmete ganz leicht, bewußtlos, mit einem unheimlichen Ausdruck. Die Mutter, drei Schritte abseits, drückte das Taschentuch in ihre Augen.

Als der Vater fragte, sagte die Alte nur: Wir wissen gar nichts, wir wissen nicht was geschieht. – Sie blieben stehn, Karin wollte nicht weg. Zwei Wärter kamen hinzu, man zog sie gewaltsam hinaus.

Kurz darauf machten sie bei der Schwester halt. Man fand sich schlaftrunken im Wohnzimmer zusammen, der Vater gab einen Rapport. Der Schwager, im Pyjama, schlug die Arme auf und ab wie ein verstörter Vogel. Dann sah er mit einem langen, trübsinnigen Blick umher und sagte: »Ihr müßt es soweit bringen, daß erst jemand stirbt ... eh ihr vernünftig werdet.« Er warf sich halb über den Tisch und schrie: »Was hat er denn überhaupt gemacht! was war denn da so schlimm!« Der Ratsvorsitzende stand auf und sagte ernst: »Hört her.« Es wurde still. »Ich werde noch ganz woanders reden müssen.« Die Mutter stöhnte. Er trat vom Tisch zurück. »Ihr sollt es wissen.« Sie warteten gespannt. »Der ganze Kreis schaut auf mich... Was wißt ihr denn, wie man da lebt? Es passiert ja ständig sowas, das uns zwingt – ich könnte euch Dinge sagen, daß ihr euch selbst nicht glaubt. Ist das unsre Schuld?«, er schwieg noch einmal. Karin starrte ihn an. – »Wir sind in eine furchtbare Sache reingeraten.« – »Furchtbare?« fragte die Schwester. – »Ja, wenn ihr mich begreift. Ich

habe euch erzogen. Ihr wißt, wo ihr hingehört.« Sie schwiegen alle, in schrecklicher Erwartung. »Man hat an Frank geschrieben.« Karin sagte: »Du meinst – die Briefe?« – »Ja. Sie wurden entdeckt. Er sollte die Republik verlassen.« Karin saß fassungslos. »*Das* ist der Grund?«, und dachte in irrsinniger Freude: Das wußt ich ja! Das wußt ich ja! Das wußt ich ja! Aber dann faßte sie ein Entsetzen, daß es das war: daß sie nun den GRUND wußte und gar nichts wußte ... daß es GAR NICHTS WAR. Sie konnte sich nicht mehr rühren, sie dachte eine Weile, ihr Gehirn sei weggerissen. Das dröhnte nur noch in sie hinein, die stritten sich, sie wußte nicht worum. Zuletzt, der Schwager warf einen Stuhl um, und der Vater rief: »Das kannst du nicht der Partei zuschieben, das ist der Klassenfeind, der das hervorbringt!« – es war alles unbegreiflich, es war alles wahr, es hatte keinen Sinn zu reden.
Die Eltern fuhren noch in der Nacht nach K. Karin blieb seit der Nacht in M.

Am folgenden Morgen stand sie um acht auf dem Korridor der Klinik, er war leer. Sie öffnete einige Türen, traf niemand an. Lief immer durch die Gänge, fragte dann eine Schwester. Sie mußte warten. Ein Arzt kam, er nahm sie wortlos mit in sein Zimmer. Das erste was er sagte war: was für Tabletten. Karin versuchte ihm zu erklären, warum sie sich überhaupt nicht drum gekümmert habe!, es tue ihr leid jetzt, sie verstehe sich nicht, aber die Situation sei so gewesen, daß sie gedacht habe: der legt sich hin und schläft – und wenn sie weggeh, schlafe er, und danach sei er *wieder da.* – Das Gespräch war kurz. Der Arzt sagte: »Hören Sie zu – ich kann Ihnen nichts sagen. Ich weiß selber nicht, wie schlimm es ist. Ich kann Ihnen nicht sagen, ob er durchkommt.« Sie taumelte auf den Gang. Jemand faßte sie sacht am Arm und führte sie fort: »Im Therapiezimmer.« Sie stand einen Augenblick vor Frank, er lag reglos auf dem Gestell, mit starren Zügen, wie tot. Eine Ärztin sah zu ihr her und sagte: »Ach Sie sind wohl die Freundin.« Karin blickte zuboden, sie schämte sich; nicht vor sich selbst, sie fühlte nur, daß alles denken mußte: *Die soll sich was schämen.* Es war ein Reflex.

Auf der Straße lief sie wie betrunken. Sie stieß mit einem Mann zusammen, der lachend weiterging. Sie dachte: ich laufe WIE BETRUNKEN. Sie schlenderte ziellos hin. Blieb vor Schaufenstern stehn, ohne hineinzusehn. Sie wußte was sie machte wie eine fremde Geschichte, die sie nicht

ändern konnte. An einer Kreuzung wurde sie fast überfahren. Sie empfand nur ihre SITUATION: die war bekannt. Es war wie in einem Film, wo man sieht, wie jemand GANZ ERSCHÜTTERT WEGGEHT. Es traf nur alles zu, eine Dutzendfigur, DAS ALTE LIED.
Sie saß dann irgendwo und sah die neuen Häuser, die aussahn wie aus einer vergangnen Zeit, die Fahrzeuge schnell und plump, die Leute beieinander oder aneinander vorbei, arbeitsam und beschäftigt, beschäftigt.

Sie war sich bewußt, daß ihre Geschichte nicht zuende war, es fehlten einige Seiten, oder viele, aber sie konnte sich nicht denken, was noch kommen konnte! Die Arbeiterin hatte DEN BOGEN GEKRIEGT – was hatte die mehr begriffen? Zu was für einem Schluß war sie gekommen? Oder hatte sie die Fragen IM RAUM STEHEN LASSEN? Aber ein Leben ließ sich nicht hinkriegen wie eine Rede.

Als ihr etwas besser war, lief sie zur Redaktion. Der Kaderleiter war nicht da. Karin bat die Sekretärin: sie müsse ihn unbedingt sprechen. Er kam strahlend an. Karin sagte ihm: »Frank hat sich vergiftet.« Er sah sie an und fragte: »Wer istn das?« Karin dachte bestürzt: ist denn das möglich? Er bekniet dich, daß du von Frank fortgehst, oder sonst von der Zeitung – und weiß nicht mal den Namen! Das kann doch nicht sein! – Sie war nicht fähig, weiter das zu denken, sie merkte, wie sich ihr Wahrnehmungsvermögen zusammenzog, wie eine Gummilinse zu einem engen Ring, durch den sie nur noch dieses glatte, dicke Gesicht sah, diese Masse, und nichts sonst mehr empfand. Sie stand nur mechanisch da, als hätte der Körper, aus Selbsterhaltungstrieb, alle anderen Funktionen eingestellt. Dem Kaderleiter fiel nun ein, wen sie meinen mußte, er ging zu seinem Tisch und murmelte: »Na wir wissen ja, was wir von solchen Reaktionen zu halten haben.« Karin sagte tonlos, schnell, um nicht denken zu müssen: »Geben Sie mir Urlaub, oder ich will die Kündigung, das ist mir gleich. Ich geh erst mal wieder.«

Am selben Tag erfuhr sie vom Schwager, der sie mit dem LKW in den Straßen gesucht hatte, daß der Alte angerufen habe. Der hatte die Schwester an den Apparat gerufen im Friseurgeschäft und erregt verlangt, Karin solle zu Franks Mutter kommen. »Du mußt zu ihr gehen.« Karin stieg zu ihm ein, sagte aber brüsk: »Das kann ich nicht.« Sie hatte keinen Mut, vor die Frau zu treten. Und sich fragen zu lassen, warum sie so gemein, so unmenschlich gewesen sei. Bei dem Gedanken wurde ihr heiß und kalt, die Szene trat ihr deutlich vor Augen. Wie die Frau die Hand ausstrecken würde, schreiend: du bist an allem schuld!

Am Nachmittag drängte die Schwester sie; Karin stellte sich stur. Sie klammerte sich an den Tisch und schwieg. Als sie endlich ging, war es Abend. Es regnete. Ihr Leben lag weit hinter ihr, das war vertan. Einmal glaubte sie, sie käme den Weg schon zurück. Sie mußte sich zwingen, in die Richtung zu gehn. An der Türe dachte sie: was erwartet dich *jetzt*.

Franks Mutter öffnete. Als Karin sie erblickte, die kleine dünne Frau, das verweinte Gesicht, die Augen blutunterlaufen, alles rot und gedunsen, lehnte sie sich an die Wand und heulte los. Die Frau nahm sie an der Hand und brachte sie in die Küche. Sie setzte sie hin und sagte leise: »Komm, ich mach dir mal einen Tee.« Der Alte stand lautlos am Küchenschrank und schluckte heftig, mit weit geöffneten Augen. Er stellte die Tasse heraus. Das war Karin schlimmer, als wenn man sie angeschrien hätte. Der Zustand war so neu, so ungewohnt, so hart – daß ihr diese Menschen nichts übelnahmen, jedenfalls in diesem Moment nicht. Sie sprachen noch einmal von den Tabletten. Frank war am Montagmorgen zur Mutter auf die Post gekommen, er fühle sich krank und könne nicht arbeiten, er hatte schon das Wochenende nicht schlafen können, er wolle sich Tabletten holen und erst pennen. Die Mutter hatte ihm zugeredet. Als sie von Arbeit heimgekommen war, hatte sie nicht hineingekonnt. Von der Nachbarin hatte sie erfahren, daß Karin dagewesen war. Die Mutter hatte die Tür aufbrechen lassen, dahinter der neue Läufer, zusammengerollt, an der Küchentür eine Decke, Frank hatte vor dem Herd gelegen. Sie stellten Karin keine Frage. Der Alte erzählte, wie sie erzürnt gewesen seien, als sie am Telefon fast gar nichts von sich gab, und dann überrascht, daß sie schon im Krankenhaus gewesen war, schon vor ihnen, in der Nacht. Dann fragte die Frau nur eins: Wolltest du dich von ihm trennen, oder mußtest du. Karin, mit aller Empfindung in der Stimme: »Ich wollte nicht.« Die Frau drückte sie an sich.

Karin durfte bei ihr wohnen. Von der Zeitung bekam sie ohne weiteres Urlaub. Sie gingen jeden Tag zum Krankenhaus oder riefen an. Frank blieb bewußtlos. Sie konnten von keinem erfahren was wird. Sie konnten nichts tun. Sie konnte nur warten auf das Urteil.

In der Wohnung schlief sie immerzu ein. Sie war so erledigt von den letzten Wochen, oder weil sie schwanger war, sie sank immer weg und schreckte auf. Auch wenn die Frau da war – das Schlafbedürfnis war so stark, daß sie sich gar nicht wehren konnte. Dann schämte sie sich, daß sie schlafen konnte, in dieser Ungewißheit, während Frank vielleicht schon tot war. Dann schlief sie wieder.

Die Minuten nach dem Aufwachen waren die schrecklichsten. Da war erst eine Ruhe, nur die Straßengeräusche, ein Himmel irgendwie, das Land und sie einträchtig, heiter, man konnte etwas anstelln! Bis ihr ihr Unglück langsam vor Augen trat, und sie sich herausgerissen sah, wie eine Seite aus einem Buch, und sie AM BODEN lag. Sie blieb dann immer liegen.

In manchen Sekunden war der Schreck so groß, daß sie keinen Zusammenhang mehr fand mit der Wirklichkeit. Sie suchte sich zu erinnern, wie sie gelebt hatte, aber sie ahnte es nur, es lag ein breiter Graben zwischen jetzt und sonst. Ihr war, als stünde sie auf der falschen Seite, aber wenn sie sich hinüberretten wollte, sackte sie immer in die Tiefe ab.

Sie dachte: wenn das nicht *wahr* wäre! Wenn sie diese Geschichte ausdenken würde, sie würde nie auf so absurde Reaktionen kommen. Den dicken gemeinen Kaderleiter allein – könnte sie nicht erfinden. Und diese Verkehrungen! Sie würde sich sagen: so verhält sich der Mensch nicht, oder: das denkt doch keiner, das ist unglaubwürdig, das widerspricht seiner ganzen Art.
Dinge, auf die man NIE IM LEBEN KOMMEN WÜRDE!
Und doch ergaben sich noch immer die größten Wendungen in den Biografien aus so unglaublichen Vorgängen.
Der GESUNDE MENSCHENVERSTAND. Das VERRÜCKTE LEBEN.

Was war denn normal? und was verrückt? Sie drehte und wendete die Ereignisse in ihrem Kopf, um sich hindurchzufinden. Es war zuviel gewesen. Wer ist NORMAL? Wo ist die Grenze? Es gibt Situationen, die selber an der Grenze liegen, und was man auch anfängt, es ist nicht zu begreifen. Und wenn das lange so geht, eine Zeit? Eine ZEIT? Und wenn einer tiefer empfindet, der FINDET SICH NICHT WIEDER. (Der »*empfindliche* Frank«.) Sie versuchte, nichts mehr zu denken. Aber indem ihr das bewußt wurde, dachte sie *darüber* nach. Sich vor sich selber schützen. Die Gedanken abtun. Sich nicht herauslocken lassen. Nicht außer sich geraten, um BEI SICH ZU BLEIBEN. Abstumpfen. Du mußt HARTBLEIBEN. Abstumpfen, um bei Sinnen zu bleiben!

An einem der Abende nach diesen Vorfällen fuhr der Vater in die Randgärten von M. *(Vorfälle* konnte man das nennen, wenn man klaren Kopf behalten wollte.) Er ließ sich begleiten von dem jungen Mann, der sich mit Franks *Angelegenheit* befaßte. Sie klingelten am Häuschen des Bezirkssekretärs, den der Vater gut kannte. Die Frau kam an den Zaun und begrüßte sie freundlich. Ihr Mann sei an den Fluß, noch etwas laufen; wenn sie wollten, würden sie ihn dort finden. Sie ließen den Wagen stehn. Die Luft war warm und frühlingshaft. Sie wanderten durch die Aue, die im Abendlicht grün leuchtete, eine Stimmung von RUHE und FRIEDEN auf dem Land. (Das konnte auch daher rühren, daß kein

Mensch zu sehen war.) Das Ufer flach und leer, mit kleinen kahlen Buchten. Das Wasser dunkel, schnell, mit weißer Gischt, man sah keine Handbreit tief. Ein rauher, beizender Geruch. Auf den Buhnen kein Angler, die Fische waren nicht mehr genießbar. Die Insel zwischen dem Strom und dem alten Flußbett, mit Sträuchern dicht über der Brühe, alles zugewachsen. Sie erblickten hinten auf dem Deich den Mann, ein Hund bei ihm, sie liefen draufzu. Der Mann schien sie zu bemerken, er griff unter die Achsel und ließ die Hand wieder sinken, sie sahn ihn sich plötzlich bücken, als suche er etwas, und mit raschen Schritten herumbewegen. Als sie nah waren, stellte er sich breit auf – und erkannte den Ratsvorsitzenden nun und grüßte lachend. Er war im Trainingsanzug. Er fragte: wieso sie ihn hier fänden? Sie liefen auf dem Deich zurück. In der Hand hielt er einen Stein, den er dem Hund zeigte und fallen ließ.
Der Vater kam nicht gleich zur Sache, er mußte über K. berichten. Der Kreis stand gut da, mit dem Wohnungsbau, mit der Viehaufzucht, mit der Kultur. Das war bekannt. Er hatte keine Bitte. Der Bezirkssekretär hielt ihn endlich an der Brust: »Also, was willst du?« – »Ich muß das einem sagen. Du mußt das wissen.« Er erzählte, was *vorgefallen* war. Sie blieben in einer Senke

stehn. »Weißt du, daß das mir passiert... Du kennst mich. Mit mir kann jeder reden... Aber bei meinen Kindern – kann ich mich nicht beherrschen. Was hab ich falsch gemacht.« Der junge Mann ergänzte: der Fall sei beinah aufgeklärt. Der Brief wäre höchstwahrscheinlich folgenlos geblieben. Frank hätte die Republik nicht verlassen. Der Vater nickte erbittert: dieser Ausgang war ja fast abzusehn! Was hätten sie denn machen sollen? – Es war schwer zu sagen. Sie redeten hin und her. Es schien nicht richtig, aber auch nichts falsch. Man mußte ja mit allem rechnen! Und konnte sich nicht verhalten, wie man selber war. Mit diesem Burschen, das war dann entsetzlich.

Es wurde Nacht. Der junge Mann ging immer einige Schritte los, aber der Vater rührte sich nicht vom Fleck. Der Bezirkssekretär redete vom Allgemeinsten der Welt; und ihn betraf es im Intimsten, diese bekannten Sätze trafen unausweichlich seine sichere und abgestimmte Person. »Solche Geschichten hör ich oft – die unannehmbar sind. Wo du denkst: so geht das nicht, das darf doch nicht wahr sein. Was macht man da. Und dir fällt nichts ein, da kannst du lange denken, du bist hilflos. Das hat doch einen Grund, daß dir nichts einfällt. Weils da nichts gibt, in der Wirklichkeit. Wir leben in zwei Welten, oder drei, und leben mit drei Zeiten. Und eine schlägt mit der andern nach der dritten in uns oder neben uns. Wir müssen denken für alle drei und können handeln für das Drittel höchstens, das wir sind. Da überleg dir was. Der Wettlauf mit den Toten, wir Totengräber jagen dem Kapitalismus nach über den Friedhof unsrer Pläne. Die Leiche legt einen Zahn zu, und wir können uns einen ziehn. Der Weg zur Überlegenheit: vor zurück zur Seite ran und undsoweiter. Das Kräfteverhältnis das magische Quadrat, auf dem wir kleben. Wir sind nicht nur wir, wir sind wir und nicht sie, wir gegenüber ihnen. Das ist die Spannung, die uns kribblig macht, die Belastung, die uns jagt und hemmt. Diese Geschichte – hat das ganze Land.«

Der Vater war nicht erleichtert, als sie aus den Wiesen stiegen. »Aber was liegt an uns, das mehr zu ändern?« *Und wenn er stirbt, stirbt?* Der Bezirkssekretär zog ihn noch durchs Gelände, um ihn von dem Unglück abzulenken. Der Gestank des Flusses verfolgte sie, er kannte sich damit aus. »Die größte Verschmutzung haben wir hinter uns, auf keinen Fall wird es schlechter. In Zukunft – kanns sogar besser werden.« Sie kletterten im Dunkeln auf das Gerippe einer Kläranlage. »Sie wird rekonstruiert. Bisher wurde produziert auf Teufelkommraus, ohne viel nach den Folgen zu fragen. Man bezahlte die Strafe, das kam billiger, als sich umzustellen.« Sie sahn auf das breite Wasser, das trüb und halb abgestorben in der Niederung hinfloß.

Als Karin einmal lange an Franks Bett stand, eine Ärztin schweigend neben ihr, machte seine Hand einen kleinen Ruck, seine Finger spreizten sich ein wenig, eine winzige Bewegung. Karin rief erregt: »Sehen Sie doch mal, der wacht ja auf! Er bewegt sich ja schon!« Ihre Freude war so groß, daß ihr das Blut ins Gesicht schoß; sie hätte sich selbst umarmen können, weil sie es gesehen hatte. Genau so war es, wenn jemand vom Schlaf erwacht, so muß das sein! Sie war begeistert. Die Ärztin sagte: »Ach, das macht er schon jeden Tag.«
Da konnte sie nicht mehr auf den leblosen Körper starren, es war wie im Schauhaus. Nein, es war wie ein grausames Spiel, bei dem man nicht wußte, ob es ernst wird.

Warum hatte sie alles getan? Warum hatte sie gemacht, was man von ihr verlangte? Jedenfalls, sobald sie sich SELBST ÜBERWUNDEN hatte? Sie suchte nach dem Grund. Was war das in ihr, das sie sich selbst vergessen ließ? Das stärker war als sie? Das sie nicht zusichkommen ließ? Das Schlimmste schien ihr dann, daß sie so fragte. Ihr Vertrauen zu den Eltern war grenzenlos gewesen – sie waren *mehr* als Eltern, sie vertraten für sie den Staat. Den Staat, in dem fast alles gut ist oder gutgeht. In dem man auf die andern hören kann, nur hören muß! Das hatten sie ihr erklärt. Es war ein schönes Märchen, das fast wissenschaftlich klang. Das konnte sie glauben, bis zur Gedankenlosigkeit.

Sie wunderte sich, daß sie von einem Tag auf den andern so anders leben konnte. Mit anderen Menschen, mit anderen Gedanken (wenn sie nicht schlief). Es war alles einfach gewesen, zehn Jahre lang. Die elterliche Informationspolitik hatte sie den Wechselfällen der Welt nicht unbedingt ausgesetzt, sie hatte nur eine Frage stellen gelernt: ist einer für uns oder ist er gegen uns. Jetzt lebte sie mit Leuten in einem Haus zusammen, die mal so und mal so redeten, die sich abschinderten auf Arbeit – und auf die Arbeit schimpften. Diese herzensgute Frau, die für sie sorgte – aber nicht zur Hausversammlung ging. Bei der Post war sie Aktivist geworden – und abends hockte sie vor dem Westprogramm.

Es war so einfach gewesen, es war unglaublich.

In einem dieser Romane, die sie nicht mochte, weil alles *erfunden* war und doch nicht *anders* als mans kannte, fand sie einen kitschigen, fest haftenden Satz: »Die Harmonie zerbrach, und draußen war Kälte.«

Am fünften Tag des Urlaubs weckte die Frau sie (sie wollte sich aufrichten, aber sie konnte die Augen nicht öffnen, eine Hand lag darauf, es war die Hand ihres Vaters, sie wollte schreien, sie wußte dann aber nicht warum, sie lag in der Klinik, ihr Bauch war dick und unförmig, die Ärzte diskutierten ungeniert, ob das Kind lebend oder tot geboren würde, sie wunderte sich, daß sie so laut darüber sprachen, das konnten sie doch nicht tun, es schneite auf ihre Beine, es war Sperma, das war eine Naturerscheinung, sie lief über die Karl-Marx-Straße, sie zeigte ihre Gedärme und Öffnungen offen herum, na wenn schon, sie legte keinen Wert mehr auf Verkleidungen, ein Mann klebte wie ein Insekt an ihr mit seinem Rüssel, seinem Stethoskop, das er in sie einstach, zwischen die Beine, in die Schläfe, um etwas zu finden, was er brauchte, bei dem sie nichts empfand, sie entkam in einen Friedhof, sie schloß die Gittertür, sie suchte ihren Namen auf den Steinen und war gepeinigt, weil er ja nicht zu finden sein konnte, es war warm, es war Mittag, sie rannte den Weg entlang, um sich einzuholen)

am fünften Tag weckte die Frau sie, es war Sonnabend, es war Mittag, und sagte behutsam: »Frank ist aufgewacht. Schlaf ruhig weiter.« Darauf fiel Karin in einen tiefen Schlaf, ohne Träume, ohne jedes Ereignis. Später klingelte das Telefon, sie hörte die Frau erstaunt »Frank!« rufen, und dachte angestrengt: was ist denn jetzt los – bis ihr klar wurde: er hatte sie selber angerufen! Die Frau sagte in den Hörer: Ja! und rief auf einmal: Frank? Frank? und lauschte lange und rüttelte den Apparat. Karin war aufgestanden und blieb auf der Stelle stehn. Dann schien wieder wer zu reden, die Frau nickte und schüttelte zugleich den Kopf und lächelte, und legte auf. Sie kam auf Karin zu. »Das erste, was er fragte – *ob du da bist.* Dann hat er den Hörer hingelegt und ist gleich eingeschlafen.«
Sie mußten bis Sonntagmittag warten, bis sie zu ihm konnten. Karin las die Zeitungen der letzten

Tage durch, die Erfolge einer Woche, die ihr, so hintereinander gelesen, um so logischer und überzeugender erschienen. Sie kramte in Franks Büchern und fand wieder dieses orangefarbene Büchlein, es war das Schauspiel »Philoktet«. Sie erinnerte sich, daß Frank es in einer Studentenbühne ansehn wollte. Da waren erschreckende Sätze drin: »Denn Griechen warfen auf den Stein im Salz / Mich so Verwundeten in ihrem Dienst / Und nicht mehr Dienlichen mit solcher Wunde / Und Griechen sahns und rührten keine Hand.« Sie las in dem Text, ohne ihn ganz zu begreifen, er rauschte so hin, es war wie das ungeheure Rauschen der Geschichte, abgrundfern, aber in der sie weit oben noch schwammen. Ihre alte Aktivität wurde noch einmal angestachelt, sie war ausgeschlafen. Am Abend glaubte sie für einen Moment zu wissen, wonach sie eigentlich fragte. Nicht danach, was ihr selbst passierte, das bewies ja nichts, ihr »Konflikt mit der Gesellschaft«. Sondern was dahinter war, was geschah denn da? *In* der Gesellschaft? daß es *soweit kam.* Wie konnte man das durchschaun, wie, wie? Geschweige denn damit fertigwerden!

Sie fuhren am Sonntag zu dritt, der Alte im guten Anzug, die Frau bei Karin eingehakt. Karin war aufgeregt, ihr fiel nichts ein, was sie Frank sagen könnte. Und was er sagen würde; ihr schlug das Herz im Hals. Der Alte schritt dann würdevoll, er fühlte sich offensichtlich wohl bei diesem ernsten Gang. Vor dem Krankenzimmer hielt ein Arzt sie auf. Er bat sie, noch nicht viel zu reden. Der *Kranke* wisse wahrscheinlich nicht, was mit ihm geschehen ist. Sie traten verwirrt ins Zimmer. Frank sah gar nicht her. Sie begrüßten ihn. Er lächelte und blieb liegen. Er lag da wie jemand, der eine jahrelange Krankheit hinter sich hat, blaß und kraftlos. Er sagte etwas mit ganz schwacher Stimme. Er konnte den Kopf nicht heben, konnte sich fast nicht bewegen. Er sah Karin kaum an. Diese Teilnahmslosigkeit preßte ihr die Brust zu, sie stand wie überflüssig da. Die Frau saß auf dem Bettrand und sagte immer: *Es wird alles gut. Es wird alles gut.* Frank schaute ihr verwundert ins Gesicht, als sei sie krank. Seine Worte kamen langsam und fast unverständlich aus dem halboffenen Mund. Die Eltern wußten nichts zu fragen und stießen sich mehrmals an. Dann sagte Frank einen klaren Satz, der zu gar nichts paßte. Man konnte sich nicht mit ihm unterhalten. Sie schwiegen eine Weile, um ihn nicht anzustrengen. Karin sagte, um etwas gesagt zu haben: »Frank, Frank.« Er nickte, wie bestätigend. Sie blieben nur kurz. Im Hinausgehn waren die Eltern glücklich, daß er »erst mal wieder gucken kann und atmen kann und sprechen kann«. Der Alte lud die beiden Frauen in ein Café ein. Karin wollte nicht, da ging er beschwingt davon.

Die nächsten Tage waren aus ruhigen, sinnlosen Stunden und aus beängstigenden Stunden. Karin konnte entscheiden, welche sie davon wollte. Sie wurde immer in das Krankenhaus hineingelassen, auch außerhalb der Besuchszeit. In den ruhigen, sinnlosen Stunden wollte sie *bei ihm sein*, und wenn sie bei ihm war, wollte *sie bloß fort* sein. Die Besuche kamen ihr mitunter wie geträumt vor, ein Druck auf der Brust, der immer zunahm, alle Bewegungen eingeschnürt, das Gefühl, nicht schreien zu können, und erst wenn sie aufstand riß sie sich von einem Alpdruck los. Dabei saß sie mit einem harmlosen Lächeln da. Erst hatte sie noch gedacht, daß ihm *nur viel fehlt.* Eine Gedächtnislücke, die man langsam füllen konnte. Die Ärzte hatten ihm erzählt, er sei *verunglückt* bei einem Verkehrsunfall. Jetzt bekam sie Angst, er würde sie gar nicht mehr richtig kennen. Wußte er, was vorher mit ihnen war? Wollte ers nicht wissen, oder was nicht? Sie saß neben ihm und sah auffällig auf ihren Bauch.

Sie war im vierten Monat, er sprach nie davon. Was sollte denn nun werden? Sie hatte den Eindruck, daß er es vergessen hatte.

Was habt ihr mit ihm gemacht! dachte sie. Wie habt ihr ihn entstellt! Warum geht ihr so um mit ihm. Warum habt ihr uns nicht gefragt? Es hätte sich alles leicht erklären lassen! Wir hatten nur beide nicht gewußt, was euer Verdacht war, wir sind nicht darauf gekommen. Warum mißtraut ihr einander, statt zu sagen, was euch Sorge macht? Diese dicken oder dünnen Beamten, denen der Schweiß ausbricht, wenn sie etwas verantworten sollen! Denen ihr Amt lieber ist, als Gebrauch davon zu machen. Die lieber auf der Zunge sitzen, als den Stuhl zu räumen. Die ihre PFLICHTEN verteidigen, statt daran zu denken, sie allen zu verschaffen! Warum bleibt das so?
Dann war es wieder wie Regen in ihrem Kopf, der gegen ihren Willen hereinfiel, es brauste in den Ohren, es schwemmte alles weg in einer unbestimmten Wut.

Was für NICHT DRUCKBARE Stimmungen!

»Was ist denn nun das für ein gewaltiges Ding: der Staat?« (Georg Büchner)

Sie traf ihre Eltern zufällig in der Stadt. Sie hatten eingekauft und waren froh, sie noch zu sehn. Zu diesen LEUTEN hatten sie nicht gern gewollt. Sie gingen in ein Restaurant, auf neutralen Boden. Karin war es recht. Sie aßen Torte mit Schlagsahne. Mitten in der Unterhaltung erfuhr sie, daß sie »ja von der Zeitung wegmuß«. Sie verstand nicht gleich; warum weg? sie wolle jetzt wieder arbeiten. Der Vater sagte, sie sei doch entlassen. – »Wer sagt denn das?« Sie wußte von nichts. Sie erfuhr das so nebenbei!
Das verblüffte auch den Vater. Er ging sofort mit ihr zur Redaktion. In der Kaderleitung hörten sie: das Arbeitsverhältnis sei beendet aus den *genannten Gründen.* Die Genossen, die sie dann ansprach, konnten nichts sagen oder gingen nicht auf sie ein. Sie kannten sie ja kaum; sie sahn an ihr hinab, auf ihre Knie, und gingen gleich davon. Es war (dachte Karin) wie mit einer Meldung, die HERAUSGENOMMEN WIRD, weil sie KEINEM NÜTZT. (Sie erinnerte sich, wie erstaunt eine Kollegin gewesen war, daß sie Frank nicht seinlasse, obwohl sie da ein Risiko eingehe, daß sie nicht studieren könne. Eine an-

dere hatte gemeint: die ist dickköpfig, die will unbedingt »mit dem Kerl zusammenbleiben«.) Auf dem Gang kam F. ihr hinterher. Er gab ihr fest die Hand und sagte: »Ich versteh es nicht. Hab keine Angst. Ich laß das nicht auf sich beruhn.« Er nahm sie plötzlich um die Schulter und drückte sie an sich.

Der Vater ging mit ihr zum Chefredakteur. Der berichtete, daß man sich beraten habe. Karins Verhalten sei nicht sehr überlegt gewesen. Ihr fehle noch etwas Festigkeit, das könne er begreifen. In ihrem ZUSTAND (er meinte nicht das Kind) wär sie nicht sehr geeignet. Vielleicht seis doch erst besser, für sie, in der Produktion.

Karin sah den Vater an. Er nickte immerzu. Er fand die Beurteilung richtig. Er sagte: Nach allem, was vorgefallen ist, ist es doch DAS BESTE, wenn sie erst etwas andres macht.

Karin war bestürzt. Er gab dem Mann recht! Sie konnte nun gar nichts sagen.

Der Chefredakteur legte noch was dar wie: daß sie den Fall niederschlagen wollen, das sei DAS BESTE. Er bitte sie nur eins: nicht über die Sache zu reden, mit keinem darüber zu reden. Ob sie verstehe? Nie mehr davon zu reden.

Das Verhalten des Vaters kränkte Karin sehr. Zuhause war ihr schlecht, sie legte sich hin. Er hatte nicht für sie Partei ergriffen! Das also war konsequent. Er, der so groß und selbstbewußt redete, gab gleich nach. Der »König von K.«. Es war unfaßbar. Und sie war doch auf ihre Eltern stolz, wenn sie sie mit anderen verglich. Zum Beispiel mit Franks Eltern. Weil sie jede Möglichkeit wahrgenommen hatten, die Gesellschaft mit aufzubaun. (Die »neuen Möglichkeiten«, von denen die Arbeiterin gesprochen hatte.) Das war schwer gewesen. Es war alles langsam gegangen, jeder Erfolg mühsam ORGANISIERT. (»Die Revolution, das Fahrrad der Geschichte«, sagte der Vater: da hatte er noch keinen Wagen.) Sie hatten sich in die Arbeit gestürzt, DIE JA SONST KEINER MACHT. Und sich selbst getrieben, bis sie nichts andres mehr konnten. Sie dachten nur noch POLITISCH. ANDERE LEUTE dachten nur an sich. Die ließ dieses ganze Kämpfen kalt. Das stieß die ab. Die ZOGEN SICH ZURÜCK. Die zogen ihr blödes PRIVATLEBEN vor. Das mußte wohl so sein: diese zähe Geschichte zerriß die Leute noch, in solche und solche. Die zwei Seiten der Verdienstmedaille. Sie lebten einseitig. Sich politisch entwickeln hieß nicht gleich, sich menschlich entwickeln, das mußte sich widersprechen.

Sie war ganz starr vom Denken. Ihr Kopf schmerzte. Sie fröstelte im Fieber, die Frau deckte sie zu.
Was war die Lösung? Wenn sie der Vater nicht wußte, und die Frau auch nicht? Wenn man nicht mal gründlich miteinander sprach? Wenn das Wichtigste, was den Widerspruch erträglich machen konnte, nicht ernstgenommen wurde?

Der Vater berichtete der Mutter von dem Gang. Er war bedrückt, daß er Karin nicht geholfen hatte. Daß ers nicht versucht hatte, wenigstens zum Schein. Er hatte, vor dem Redakteur, gar nicht an *sie* gedacht! Die Mutter fand sein Verhalten sofort richtig. Sie standen im Korridor, sie hatte die Klinke in der Hand. Er sah ihr selbstbewußtes sicheres Gesicht, und ihm brach der Schweiß aus. Für sie war die Sache klar. Sie fand nichts mehr zu fragen. Sie stand da, ihm schien auf einmal: breit und schwammig, abstoßend; er ertappte sich dabei, daß er überlegte, wie er sie kränken könnte, verletzen, und kam auf das Wort Kuh: *du Kuh*. Er lächelte, und erschrak über sich und schwieg, er konnte sie nicht ansehn. Sie zog die Tür auf und ging los zum Dienst.

Er war wütend über sich, er fühlte die Schwäche seiner Haltung: daß er noch fragte – oder daß er nur fragte. Bis wohin sah ers ein, und wo wurde es dumm? War er denn AUF DEM POSTEN, wenn er sich selbst nicht leiden konnte? Die Wachsamkeit, ja – aber was hatte er bewacht, wenn er ein Kind verlor, und ein andrer wirklich draufging? Er hatte so sehr aufgepaßt, daß er nicht aufpaßte, was wirklich passierte. Sein Mittel vernichtete den Zweck, womöglich, die Sorge um den Menschen brachte den Menschen um – oder um was, wer fragt schon *was*?
Die gute Tat, oder ein Verbrechen.
Er stand im Wohnzimmer, aufgerichtet, und starrte in das Zeug in dem Buffet.

Karin konnte nirgends erzählen, was mit ihr los war. Sie empfand das Paradoxe ihrer Lage, oder wollte es empfinden; sie klammerte sich daran, daß das *nicht begreiflich* war. Denn je mehr sie jetzt begreifen würde, desto unerträglicher würde es werden. Sie versuchte angestrengt, sich an ihren Erfahrungen festzuhalten. Wenn sie *das noch* einsah, würde schon alles möglich sein.
Sie mußte mit jemandem reden, aber sie wußte doch, daß es sinnlos war. Also wußte sie schon zuviel!

Sie kannte so viele Leute, die auch wieder viele Leute kannten, es waren die besten Leute der Welt, und sie konnten ihr alle nicht helfen.
Das nicht »auf sich beruhn lassen«. Aber wie denn, wenn nichts gewesen war?
Hier konnte ihre Geschichte nicht enden.
Sie stellte sich in die Straße im Berufsverkehr, um vielleicht mitten in dem Gewühl nicht mehr an sich halten zu können und zu schrein. Aber sie sah nur in die Gesichter, aus dem Stadtfunk dröhnten fröhliche Lieder (es ist peinlich, einen Titel zu zitieren, es klingt wie herausgesucht, aber sie hatten alle etwas Anzügliches für sie, »Davon wird die Welt nicht untergehn / Wenn wir uns nicht wiedersehn«), und dann war es ihr recht, daß sie ein einzelner Mensch war. Den etwas allein betraf. Der etwas auf sich nahm, der allen etwas abnahm. Der wußte, daß man mehr sehen mußte als das.
Mit Frank konnte sie nichts besprechen. Sie versuchte, ihn darauf zu bringen, was er getan hatte, doch er konnte ihr nicht folgen. Er konnte sich nicht konzentrieren. Er war mit seinen Gedanken sofort woanders und redete Unsinn. Manchmal, wenn sie ihr Mitleid vergaß, versetzte sie sein Zustand in Zorn. Er schwebte IN EINER ANDEREN WELT! Er war so gründlich davongekommen, daß ihn nichts was anging. Er

tastete sich an augenblicklichen Sätzen lang und lächelte gepeinigt über seine Ahnung.

Aufschreiben, man müßte es aufschreiben, dachte sie voll Scham.

In einer Nacht zog ihr jemand das Deckbett weg, um sie zu kontrollieren, aber es war nichts zu entdecken, sie lag allein im Bett, eine Hand neben dem Körper, die andere im Schoß, aber die Finger bewegungslos. Oder das Deckbett war nur heruntergerutscht, sie wachte auf und sah ganz deutlich, was sie erwartet hatte, die Arbeiterin, die Genossin, kam von dem Rednerpult herab und rief einige Namen auf, ihren und den ihrer Eltern, und des Kaderleiters, und des Chefredakteurs. Sie sollten sich in einem Saal versammeln und liefen ihr erregt oder geduckt nach (es wurden natürlich Bedenken geäußert und Befürchtungen, da es sich um eine gewöhnliche Genossin handelte, deren Rede nicht einmal bis zum Ende bekannt war, aber da man die Frau nicht als kleinbürgerlich oder als Intellektuelle abtun konnte, wagte man auch nicht offen, sich zu weigern). Karin wußte gleich, worum es ging, noch bevor ihr die Arbeiterin verstohlen sagte, daß sie sich des Falls jetzt annehmen werden: da sich ja sonst niemand fände und man nicht länger warten dürfe, wenn Frank noch geheilt werden solle. Die Arbeiterin (aber sie sah jetzt wie eine Weberin aus) hatte die Haare unter das Kopftuch gebunden aus Sicherheitsgründen und eine Thermosflasche mit kaltem schwarzem Tee unterm Arm. Der Lärm störte sie nicht, weil sie siebeneinhalb Stunden an den Webautomaten stand (fünf Anschläge jetzt pro Sekunde, jeder wie ein Gewehrschuß); es war erstaunlich, daß sie noch diese Kraft besaß, die mußte aus einer tiefen und unzerstörbaren Idee kommen, an der ihre Klasse festhalten mußte, wenn sie und solange sie die Arbeiten noch tun sollte. Es ging durch die Portale eines großen Gebäudes, es konnte die Redaktion sein, es konnte auch jedes andere öffentliche Gebäude sein, das war nicht zu unterscheiden. Durch einen langen düsteren Korridor, aus dessen Türen kaum ein Laut drang, gelangten sie nach einigen Stunden in einen großen Raum, vielleicht einen Fabriksaal, eine Maschinenhalle, die Maschinen ausgeschaltet, die Arbeiter standen ringsum an den Wänden (fast alles Frauen, einige der Meister und alle leitenden Ingenieure waren Männer), es herrschte erwartungsvolle Stille. Die Arbeiterin bahnte sich einen Weg durch lauter Vorhänge und dünne Gewebe, und jetzt sah Karin in der Mitte der Halle ein Gestell, das von Bergen von Decken und Tüchern überdeckt war, und alle KONKRETEN VERHÄLTNISSE (sie hatte die Begriffe im Schlaf parat) von einem Wust überzogen, der sich als neue Moral deklarierte (dachte sie, wörtlich, unwillkürlich). Die Arbeiterin sagte verzweifelt: »Die hab ich mal alle gewebt!«, und die andern begannen auf Kommando, die Gespinste wegzunehmen, eins nach dem anderen, wegzureißen, bis sich eine Gestalt abzeichnete, ein Mensch auf dem Gestell, der ermattet dalag mit einem weißen verwunderten Gesicht. Es war alles ein atemloser interpunktionsloser Gedanke, und eigentlich nur denkbar, weil es selbstverständlich war wie eine ungeheure Hoffnung. Der Kaderleiter, der Chefredakteur und der Vater mußten in die Mitte treten und wurden gefragt, was sie sich bei der Sache gedacht hätten. Ihre Antworten waren natürlich nicht zu verstehn, da sie sich einer taktischen und gewundenen Ausdrucksweise bedienten. Es konnte ja nur darum gehn, ihre Mienen zu sehn, wenn sie unter solchen Bedingungen vor die Menge traten. Der Vater war zerknirscht und warf immer seinen schweren Kopf gegen das Gestell, die Arbeiter beschlossen, ihn nachhause gehn zu lassen. Der Redakteur blickte ernst und eine Spur ironisch in die Runde, er hatte keine Zeit, er wurde verurteilt, über diese Versammlung ehrlich zu berichten. Der Kaderleiter grinste mit rotem Gesicht und sah arglos den bewußtlosen Körper an. Die Genossin faßte ihn an der Brust und schüttelte ihn heftig, worauf er in panischer Angst den Mund aufriß und heraushauchte: er habe sich nichts gedacht! er habe sich nichts gedacht! Da schlug ihm die Frau in die Fresse, bis er ächzend am Boden lag und sie innehielt, selbst erschrocken über ihre Handlung. Die Arbeiter lösten ihm die Orden von der Jacke und erklärten ihn für entlassen, aus allen Funktionen entlassen. Der Redakteur schrieb das auf. Das Seltsame war, daß zum erstenmal öffentlich über Frank und Karin gesprochen wurde und alle gar keinen Grund mehr sahn, die Sache nicht mit zu entscheiden! Es herrschte unter allen Gleichheit. Dieses Wort erschien Karin wie eine Erleuchtung, wie die Lösung aus den alten Verstrickungen. Sie taumelte durch den Saal und drehte sich, glücklich über ihre Entdeckung, um sich selbst und lachte so schrill, daß alle angesteckt wurden und lachten, brüllend lachten. Es wurde dann beschlossen,

Frank das Bewußtsein zurückzugeben. Man brachte es ihm auf einem Stück roten Samt. Es war eine rührende und komische Szene. Frank hielt sich noch den Kopf und lächelte mit etwas verzerrtem Mund, und verlangte ein Bier. Daraus ergab sich eine allgemeine Sauferei, bei der sich lediglich der Redakteur Zurückhaltung auferlegte. Karin schlief unterdessen ein.
Am Morgen war sie eine Zeit lang froh, sie erinnerte sich, etwas Wichtiges entdeckt zu haben, das ihr für das ganze Leben reichen würde. Aber sie kam nicht darauf, was es gewesen war. Sie dachte bestürzt nach, aber es fiel ihr noch nicht wieder ein. Dann lag sie wieder wie ausgehöhlt, apathisch, in dem stumpfsinnigen Gefühl der Hilflosigkeit.

Sie saß irgendwann auf Franks Bett und es kam kein Gespräch zustande, er schaute nur immer an ihr vorbei neben sich auf den blanken Steinholzfußboden. Da bat er sie, etwas anzuhören. Und sagte, ohne den Blick zu heben: »Weißt du denn, was ich vorhatte?« Karin horchte sofort auf. »Ich wollte nicht nur die Tabletten nehmen … ich wollte eigentlich den Gashahn aufdrehn.« Jetzt sah er sie lächelnd an und erzählte ihr sein Geheimnis. »Ich wollte noch die Wohnungstür zuschließen und den Teppich davorrollen, und die Decke an die Küchentür, bevor ich mich wieder hinlegen wollte – das hatt ich mir überlegt, es ist mir alles genau durch den Kopf gegangen. Aber es ist irgendwie nicht dazu gekommen, es ist was dazwischengekommen. Ich muß eingeschlafen sein.«

Die Ärzte und alle Pfleger hatten untereinander gemeint, daß »etwas zurückbleiben« werde. Daß er beispielsweise nicht mehr laufen könne. Weil die Vergiftung so stark gewesen sei, Frank hatte fast fünf Stunden im Gas gelegen, es war »übernatürlich«, daß er es überlebt hatte. Vielleicht hatte ihn nur die betäubende Wirkung der Tabletten gerettet. Aber *was* zurückbleiben würde, wußten sie nicht.

Nein, dachte Karin, er wird laufen können, er wird arbeiten können, er wird alles wissen. Aber etwas anderes würde *zurückbleiben*, bei ihm oder bei ihr.

Sie setzte sich gegen die Kündigung nicht zur Wehr. Die einzigen, mit denen sie hätte sprechen können, waren ihre Genossen in der Redaktion. F. hatte sich nicht gemeldet. Sie wagte sich nicht schon wieder hin. Sie hatte ja begriffen, daß es eine »geheime Sache« war. Es wäre ein peinlicher Starrsinn gewesen, auf seinem kleinen eigenen Recht zu bestehn. So weit war die Geschichte noch nicht. Man mußte seine Kraft aufwenden, den Beschluß widerstandslos zu schlucken.

Karin beunruhigte nur die Resignation, die sie befiel, weil sie in ihrer eigensten Sache nicht gefragt worden war. Sie spürte eine ungewohnte, exotische Versuchung – sich vom gesellschaftlichen Leben abzukehren, ihre Ideale zu vergessen, ihre Aufgaben wegzuwerfen. Und in die bekannte Gleichgültigkeit zu fallen, die politische Abstinenz, die sie sonst verachtet hatte. Würde ihr das vielleicht helfen? Ein Urlaub von der Welt. Wie eine Schlaftherapie, ein Schlaf des Bewußtseins.

Sie wußte nicht, was mit ihr werden sollte. Sie war von dem vielen Überlegen so erschöpft und getroffen, sie wollte nichts mehr wissen, nichts mehr verstehn. Sie kam sich vor wie verletzt, wie verrenkt an allen Gliedern. Sie konnte nicht mehr auf der Straße gehn, ohne sich unsicher und ungelenk zu fühlen, als würde sie vor den Augen der Leute balancieren auf einem vorgeschriebenen Strich. Sie trat immer *daneben*.

Sie wollte nur Ruhe haben. Am besten war es, wenn sie abwesend lag, aus dem Radio »Auf den Flügeln bunter Noten« / STIMME DER DDR: »Hei, ich fang' den Sommer«, etwas das abwegig war, daß sie nicht zurückfand.

ZUR BEWÄHRUNG in die Produktion. Aber was für ein Denken, dem das als Strafe gilt?

»Wem nützt das, was du sagst!«

Die Blumen blühen in den Gärten. Die Bäume rauschen. Die Vögel lärmen in den Wiesen. Das gab es alles noch. Das Gras, von Käfern durchwandert. Im Gras im Dickicht liegen mit ausgebreiteten Beinen, die warme Sonne auf das Geschlecht scheinen lassen. Die Felder riechen (die transitive und intransitive Bedeutung des Verbs nicht mehr unterscheiden: die Tätigkeit, zu existieren). Auf das Kind warten, das einzige bemerkenswerte Ereignis des Jahrhunderts.

Sie wußte, was das für Gedanken waren. Es war ein Selbstmord, nicht des Körpers sondern des

Denkens. Es war leicht, sie brauchte nur die Freunde nicht mehr sehn, die Genossen. Sich um das POLITISCHE LEBEN bringen. Sich dieses LEBEN NEHMEN.

Sie blätterte in der Bibel der Frau. Sie stellte die Sätze unwillkürlich auf den Kopf. Es muß ja vorwärtsgehn; doch wohl dem Menschen, durch welchen es vorwärtsgeht! Ev. Matth. 18,7.

Die Frau buk abends für sie Pfannkuchen, weil Karin die selbstgemachten gerne aß. Die waren locker und duftend und noch warm im Mund.

Vielleicht war das kein Fall, der in ein bestimmtes Kapitel der Geschichtsbücher gehörte, sondern sie erlebte nur zwingender, als Schock, was jedem Aufwachsenden geschieht, wenn er seine hochdampfenden Vorstellungen von der neuen Gesellschaft zu Wasser werden sieht. Wenn er sich endlich in die Möglichkeiten zwängt. Denn die Gesellschaft ist für ihn ja nicht *neu*, und anders als die glücklichen ALTEN GENOSSEN sieht er die Umbrüche und Durchbrüche nicht mehr in dem ungeheuren Kontrast zur finsteren Vergangenheit.

Ohne unter den Leuten zu sein, zu reden, zu arbeiten, war das Leben tödlich leer. Die Freude, die sie früher empfunden hatte, ohne nach dem Grund zu fragen, die unbestimmte Vergnügtheit, die Leidenschaft für etwas wurden unfaßbar. Alles brach ab, wie ein Sinfoniekonzert bei Stromausfall. (Was ihr blieb waren Vergleiche – die alle hinkten: ihr Leben ein UNGLÜCKLICHER Ausdruck, ein SCHIEFES BILD.)

(Klammert euch an den Zaunspfahl, Rezensenten!)

Aber während all dem wurde ihr bewußt, mit einem langsamen, unaushaltbaren Schmerz, als würden ihre innersten Adern brennen, wie empfindungslos sie bisher gedacht und gehandelt hatte. Sie wagte nicht zurückzudenken, und doch stand ihr das Zimmer vor Augen, in dem er vor ihr lag auf den Knien, und sie war hinausgegangen! Der Schweiß trat ihr auf die Stirn. Sie spürte auch mit Erstaunen, daß sie jetzt erst Frank zu lieben begann, so, daß sie darüber sich selbst vergessen konnte. Und sich doch deutlicher empfand dabei, als würde sie ihrer selbst sicher. Jetzt löste sich eine dicke Schicht von ihren Armen, ihrer Brust. Sie hatte keine Angst mehr.

Die Mutter rief an und sagte – jetzt riefen sie die Eltern immer an, was war sie denn auf einmal? – und sagte, der Vater sei eben wieder losgegangen, in die Kneipe, wo er mit allen möglichen Leuten sitze und sich unterhalte, seit wann denn das! Er sitze dort und unterhalt sich. Es sei mit ihm was vorgegangen, sie versteh es nicht. Sie wisse nicht, was noch alles werde. Er sei zu etwas fähig, was sich keiner denkt!

Karin versuchte, Arbeit zu finden. Sie erwartete ein Kind, sie mußte es ernähren. Sie fuhr durch die Stadt, die dröhnte von Industrie, eine kräftige, bewegte, verrußte Landschaft. Das Fluten der Leute beim Schichtwechsel hatte sie immer angezogen, vor die Werktore, und das Gewalttätige, Monotone, Fatalistische dieses Sogs hatte sie abgestoßen (oder sie spürte nur spontan das Saugen und Ausstoßen der riesigen Menschenpumpen, mit einem unsicheren Lustgefühl). Jetzt war ihr jede Tätigkeit recht, sie ging irgendwo hinein, in alle möglichen Öffnungen der Betriebe und Geschäfte. Sie wollte nur ARBEIT haben. Arbeit war das halbe Leben. So wie wir heute arbeiten und so weiter. Arbeite mit, plane mit und was weiß ich. Ihr wurde überall sofort zugesagt. Aber sowie sie erzählte, daß sie im vierten Monat sei, besann man sich, die Sache wär zu schwer, das können Sie nicht, oder nicht mehr lange. In einem Fleischerladen Verkäuferin. Sie war immer gleich ehrlich, sie sagte: sie müsse bei der Zeitung weg, sie müsse irgendetwas tun! Die Verkaufsstellenleiterin meinte dann: Nuja, mir haben zwar Bedarf, aber an kräftigen Personen. Im vierten Monat, da könn Sie keine Kisten schleppen! So ging es ihr jedes Mal. Sie brachte es nicht fertig, ihre Umstände zu verschweigen. Es war wie eine Sucht, sie berauschte sich an dieser Aufrichtigkeit, der schonungslosen Wahrheit. In einer Kinderkrippe wurde ihr sofort unterstellt, sie wolle nur wegen dem Krippenplatz die Stelle. Sie ging zum Rat der Stadt. Ein Genosse hörte sie an. Er erkundigte sich bei der Redaktion. Er sagte: »So gehts nicht. Sie können nicht wochenlang nach Arbeit suchen. Ich helfe Ihnen, ich werde Sie irgendwo UNTERBRINGEN.«

Sie fuhren wieder zum Krankenhaus; die Frau mit dem Motorrad voraus, um noch etwas zu erledigen. Karin stieg eine Station zu früh aus der Bahn, sie war zerstreut und müde. Sie ließ sich Zeit, sie wollte nirgends hin. Nicht einmal die Natur war vorhanden. Die Sonne brannte: sie wußte nur, daß sie schwitzte. Da sie nichts Bestimmtes denken wollte, floß ihr alles wirr durch den Kopf; die Gedanken schmerzhafte langsame Würmer im Gehirn, wenn sie einen zerriß, krochen die Teile weiter. Es war gräßlich.
Vor dem Hauptgebäude sah sie jemand stehn, ein wenig schräg, der blickte her. Er hatte einen gelben Pullover an und eine helle Hose. Sie dachte: das könnte Frank sein, und unterdrückte sofort diesen lächerlichen Gedanken. Sie kam immer näher, und dann war er es tatsächlich. Er stand angezogen neben dem Tor und lächelte glücklich. Sie ging auf ihn zu und fragte: »Wo kommen denn die Sachen her?« – »Die hat meine Mutter gebracht, sie wollte dich überraschen.«
Sie blickte um sich und konnte die Frau nicht sehn. Sie wollte Frank an sich drücken, aber er taumelte, er war noch schwach. Sie hatte Angst, daß er gleich umfällt. Sie mußte ihn halten. Sie standen umschlungen auf der Straße. Die Leute, die vorüberkamen, blieben stehn. Die Frau ver-

harrte erregt hinter dem Tor. Die Beiden hielten sich bleich aneinander fest. Sie starrten sich an. Man führte sie auf den Fußweg, die Frau trat dazu. Sie ließen sich nicht los.

Hier begannen, während die eine nicht zuende war, andere Geschichten.

Das Ende der Unvollendeten Geschichte

1. *Ein Alptraum.* Ich gehe an die Arbeit und nehme, ohne mir dessen bewußt zu sein, Kontakt zu einem *Mitarbeiter* auf. Ich wähle die Nummer eines Heims für entwicklungsbehinderte Kinder, und sofort meldet sich die Person, mit einer hellen klaren Stimme, und erklärt sich zu einem Treffen bereit. Ich fahre zu dem besonderen Einsatz mit dem Wagen und trete, ein NEUES DEUTSCHLAND als Erkennungszeichen, ins Interhotel. Bei der Begrüßung sehe ich verblüfft, daß die Person einen Ehering am Finger trägt. Das Leben ist roher und verrückter: denke ich; eben erst hat der Mann, den sie liebt und von dem sie sich, aus politischem Gehorsam, trennte, Selbstmord begangen. Die entsetzliche Geschichte ist mir von einem Mitarbeiter (den ich, um die Anonymität zu wahren, »Saint Just« nenne) zugetragen worden. Aber die Person eröffnet mir lächelnd, daß der Geliebte lebt und sie verheiratet sind. Er sitzt zuhause am Fernsehgerät und sieht ein Spiel des FC Magdeburg gegen Borussia Dortmund. Ich bin, mein Vorhaben bedenkend, enttäuscht: der Geschichte ist das elende Ende genommen. Und fühle sofort: es ist gut so; ihr Elend muß aus der Mitte kommen. Es ist die Substanz. Sie ist auf einen andern Punkt

hin zu erzählen, nicht auf den Tod sondern auf das Leben. Darum, vermutlich, erklärt sich die Person einverstanden, von mir *festgehalten* zu werden, noch weiß sie nicht wie; ich sichere zu, die Spuren zu verwischen. Ich fahre dann über eine Landstraße. Ein Frühlingstag, die Äste schlagen vorbei mit kleinen Knospen. Bäumchen wie Schwangere, die Kugelbäuche dicht am Boden: natürlich sichere ich die Spuren. Am folgenden Tag erstattet die Person (mein Mitarbeiter) schriftlich Bericht, d.h. sie schreibt die Geschichte, die ich noch nicht geschrieben habe, und aus der Geheimen Behörde geht eine *Suchmeldung* nach dem Autor heraus mit dem Vermerk quer über das Blatt: »Unvollendete Geschichte«. Ich weiß nicht, wie er daraufgekommen ist, denn diesen Titel kenne ich noch nicht. Die Behörde leitet, ohne daß ich Unwissender ihr behilflich sein kann, meine Überprüfung ein. Zugleich hält sie den Mitarbeiter an, mir mitzuteilen, er sei nach reiflicher Überlegung zu dem Schluß gekommen, daß die bewußte Geschichte nicht die Verhältnisse in der Republik widerspiegelt und somit nicht verallgemeinerungswürdig ist. Deshalb ziehe er die Einwilligung zur Vereinnahmung zurück. Daraufhin mache ich mich an die Arbeit, also ich erwache für Momente, um meinen Traum aufzuschreiben bzw. infragezustellen. Darum handelt es sich ja bei meiner Arbeit, und diese Wachheit ist der Grund, sie zu überwachen. Unterdessen buchstabiert, in einem anderen Raum, ein anderer Mitarbeiter, der einen Namen hat (Ultn. Girod), einen *Operativen Vorlauf*, der mir in dem Alptraum wörtlich vor Augen liegt. »Es besteht der Verdacht, daß es sich bei Braun um einen personellen Stützpunkt des Gegners handelt; daß er bewußt und zielgerichtet revisionistisches und konterrevolutionäres Gedankengut vertritt und über seine schriftstellerische Tätigkeit der Öffentlichkeit zugängig machen will; daß er antisowjetisches Gedankengut propagiert und sich mit Renegaten wie Solshenizyn solidarisch erklärt. Der Braun entstammt einer kleinbürgerlichen Familie. Sein Vater soll aktiver Nazi gewesen sein.« Das ist eine Erfindung; davon strotzen die Akten: sie sind ja ein böser Traum. Er hat kein Ende, da jedes Quartal aller Unsinn abgeschrieben wird. Denn jetzt hat die Behörde einen *Beschluß* gefaßt, auf einem großen Blatt, auf dem, statt meines Namens, ein Deckname steht und der *Tatbestand*: PID. Die Buchstaben sagen mir nichts, auch nicht die Paragraphen: 106/107 StGB. Ich benutze aber meinen eigenen Namen, da er einmal bekannt ist, und gebe die fertige Geschichte einem Redakteur. Die fertige Geschichte ist tatsächlich die »Unvollendete Geschichte«. Er liest sie und gibt sie mir grinsend zurück. Nachsichtig und behutsam lege ich nach einer Weile die Blätter wieder in seine alte Hand. Er betrachtet sie jetzt ohne Brille, er weiß nicht mehr, was ihn daran erregte, und füllt mit dem Text eine Lücke in der Zeitschrift SINN UND FORM. Dicht unter ein Motto: *Alle Lebenden leben in der Unruhe eines vielleicht unnötigen Lebens*. Nur Augenblicke, und die Zeitschrift verschwindet aus dem Kiosk, wie von Geisterhand. Der Redakteur wird in das Graue Haus gerufen, wo man ihm, zu seiner Überraschung, die Geschichte zuendeerzählt. In lautem Ton, er erbleicht, er greift unter die Achsel nach der Pistole, um in den Tisch zu schießen. Aber er hat die Waffe schon abgegeben. Er gelangt ins Treppenhaus, der Paternoster streikt, und knickt in die Knie mit erschlappten Gliedern. Er macht mir keinen Vorwurf, überhaupt scheinen mich die Kollegen zu schonen, vielleicht weil sie alle mitarbeiten oder mir zugutehalten, daß ich die Geschichte nicht ausgedacht habe und immerhin den Schluß offenließ. An einem Tisch, in einem Saal, sitzt eine Frau mit weißem Haar und winkt mich zu sich und sagt: Weißt du denn nicht, daß man dafür vor einiger Zeit verschwunden wäre? Ich verstehe sie nicht und starre in das zerfaltelte Gesicht. Es ist Sitzungszeit.

2. *Die Akten.* »Wenn ein Archiv Zeugnisse von der *Art* eines Zeitalters aufbehalten soll, so ist es zugleich seine Pflicht, auch dessen *Unarten* zu verewigen.« (Goethe, *Literarischer Sansculottismus*) »Zwar ist der entscheidende Ton und die Manier«, womit man sich im Staatssicherheitsdienst das Ansehn einer umfassenden Informiertheit gab, nichts weniger als wahrhaftig. Die Akten sind gehudelt und fehlerhaft: und sie zeigen, wo sie urteilen, die niedrige Denkweise ihrer Verfasser. Es sind die Spitzel, die die Hosen herunterlassen; es handelt sich um eine Form von neuem Sanscullotismus, »die ungebildete Anmaßung, womit man sich in einen Kreis von Besseren zu drängen ... und sich an ihre Stelle zu setzen denkt«. Das ist das pädagogische Motiv der Beredsamkeit der Stasi-Prosa. Vielleicht ist ja »das Stasi-Protokoll, der IM-Bericht«, wie Georg Seesslen mutmaßt, »der Nouveau roman der DDR«, von *unerkannten* Autoren verfaßt. Er wird jetzt entdeckt und fast möchte man meinen: zur offiziellen Literatur. Dagegen sind Bedenken zu setzen. Diese Berichte zu benutzen, heißt, ihnen die Würde von Dokumenten zu ge-

ben. Man muß sie aber anfassen wie zur Zeit ihrer geheimen Niederschrift: mit spitzen Fingern. Es sind die Exkremente des Staatsarschs. Infam gefertigt zum Zweck der Einleitung von Maßnahmen der Überwachung und Zersetzung. Sie zitieren bedeutet, die Zersetzung fortzusetzen und die dunklen *Erkenntnisse*, mit gutem Grund unter Verschluß gehalten, als wirkliches *Wissen* zu handeln. – Es gibt aber Berichte, die geradezu selbstlos sachlich sind, sozusagen ohne Ambition geschrieben, ohne die literarische Versuchung des Gerüchts oder der Unterstellung. Das Material vor der Ideologisierung: das insofern Dankbarkeit abnötigt.

In den »personengebundenen Unterlagen«, die ich im Frühjahr 1993 in der Gauck-Behörde einsah, was heißt: deren tausende Seiten ich durchflog, ist ein Blatt durch besonders viele Signaturen ausgezeichnet: die von Hauptmann Klemer (12. 11. 75), Major Wild, Oberstleutnant Häbler (13. 11. 75), Oberstleutnant Hähnel (14. 11. 75), Oberst Schwanitz (15. 11. 75). Unterschrieben ist die »Notiz« von Leutnant Girod, der mitteilt: »Durch den Gen. Sand[t] der BV Magdeburg Abt. II/5 ... wurde bekannt, daß die im Heft 5 (Sept./Okt.) der Zeitschrift ›Sinn und Form‹ enthaltene ›Unvollendete Geschichte‹ von Volker Braun ihrem Grundgehalt nach der Wahrheit, das heißt, einen solchen Fall hat es gegeben, entspricht. Die in dieser Geschichte genannte Tochter des ersten Ratsvorsitzenden ist die Tochter eines ersten Sekretärs einer Kreisleitung der SED im Bezirk Magdeburg. Diese Frau hat ihre Geschichte dem Volker Braun erzählt« usw. Die Mitteilung mündet in Maßnahmen, darunter: »Anschreiben an die BV Magdeburg Abt. II, um ... zu ermitteln, ob eine op. Unterstützung möglich ist; um eine Einschätzung darüber zu erhalten, welche Teile der Geschichte der Wahrheit entsprechen und welche von V. Braun dazu gearbeitet wurden.« Das ist eine Maßnahme der Literaturwissenschaft zur Freude; um die *Wahrheit* geht es, wenn auch im Geheimen, und die *Dichtung*. Fünfzig Blatt weiter – Häbler, Leiter der Abteilung XX (Staatsapparat, Kunst, Kultur, Untergrund) weiß inzwischen zu melden: »Es kann eingeschätzt werden, daß die Arbeiten des V. Braun links-radikale und trotzkistische Aktivitäten begünstigen« – machte ich eine unglaubliche Entdeckung. In einem achtseitigen Schreiben mit dem Signalement *persönlich*, Oberstleutnant Hille, Stellvertreter Operativ der Bezirksverwaltung Magdeburg, an seinen Amtsbruder Hähnel, las ich mit stockendem Atem: »Am 24. April 1974 wurde durch den«, folgt mein Name, »telefonisch der Kontakt zu einem

IM der Abteilung II der BV Magdeburg hergestellt. B.« (von mir ist die Rede) »stellte sich namentlich vor und teilte mit, daß er Schriftsteller sei und den IM in einer wichtigen Angelegenheit sprechen möchte.« Wen ich sprechen wollte (und wenige Tage vor dem 24. anrief, aber am 24. traf), war die von mir später »Karin« genannte Person. Die Karin der *Unvollendeten Geschichte* war also, als sie mir ihren Fall erzählte, IM: Inoffizieller Mitarbeiter; die Suchmeldung mit meinem Namen, die Oberleutnant Sandt am 26. 4. 1974 ausschrieb, enthält den *Hinweis*: Martina (den meine, dachte ich nun zynisch, Intuition verfehlte). Warum hatte sie sofort, am Folgetag, von unserem Gespräch berichtet? Welchen Grund hatte sie, über sich selbst zu informieren? Weil ich ihre Geschichte verwenden wollte? Aber sie sagte mir: sie habe schon gedacht, daß sie »das alles erzählen müsse, damit es aufgeschrieben wird!« Weil ich Schriftsteller war, ein verdächtiger Mensch? Weil sie selbst verdächtig war: in einen *interessierenden* Fall verwickelt? Mir, berichtete sie, habe sie berichtet, »um weitere Mißverständnisse auszuräumen«; hatten ihre *Berichte* diesen einfachen, sehnsüchtigen, unabweisbaren Grund?

Das Schreiben Hilles enthält das Ergebnis der »Prüfung des bekannten«, mir nicht bekannten,

»Sachverhalts«: den ich jetzt als Alptraum erlebte. Aber es enthält noch ein anderes, traumhaftes Ergebnis: der Prüfung der Geschichte durch die Heldin der Geschichte. »Martina« hat sie, als wahrliche Mitarbeiterin, gegengelesen und die Passagen aufgelistet, die nicht »von ihr« waren, die sie nicht geäußert hat und die nicht ihrer Meinung entsprachen. Sie verfuhr dabei sauber und fair, sie stand zu ihren Erzählungen und ließ mir meine Erfindungen. Es gab ja Sätze, die ich nicht erfunden haben konnte: so wenn die Mutter, als ihr Karin sagt, daß sie ein Kind von Frank erwarte, erwidert: Ach, jetzt mußt du auch noch ins Krankenhaus! – oder die ich nicht hätte erfinden können: wenn der Kaderleiter, der Karin abverlangte, sich von Frank zu trennen, auf ihre Mitteilung, daß sich Frank vergiftet habe, fragt: Wer istn das? So kaltschnäuzig schreibt das Leben; der Autor hätte eingehalten und die schludrige Stelle berichtigt. Diese empörenden waren aber die handfesten Stellen: sie mußten mir erzählt worden sein. Vom Vater, von der Mutter, der Tochter oder dem Jungen; verdächtigt wurde der Junge. Als die magdeburger Mühlen rotierten, mußte »Martina« sich den Eltern als *Informantin* des Autors outen. Nun fiel die Geschichte, »verallgemeinert«, auf sie zurück, Anlaß, sie umzuschreiben für ihre

Person. So entstand ein einzigartiges Dokument, der Scheidung von Dichtung und Wahrheit; ich selber hätte beides nicht mehr auseinanderhalten können. Hille wußte, »daß der Braun im Besitz der von unserem IM besprochenen Tonbandkassette ist« (die die Mutter noch 1989 einzuziehn versuchte); »Martina« bedurfte des Hilfsmittels nicht: die Leserin, die klüger war als der Text. Und der Text klüger als der Autor, »sie dachte:« (schrieb ich, aber sie wies die Erfindung von sich), »wenn das nicht *wahr* wäre! Wenn sie diese Geschichte ausdenken würde, sie würde nie auf so absurde Reaktionen kommen. ... Sie würde sich sagen:« (aber sie strich die Passage), »so verhält sich der Mensch nicht... das widerspricht seiner ganzen Art.
Dinge, auf die man NIE IM LEBEN KOMMEN WÜRDE!
Und doch ergaben sich noch immer die größten Wendungen in den Biografien aus so unglaublichen Vorgängen.«
Es steht im Text. Der Rest sind Akten.

3. *Opfer und Täter.* Dieses zarte und feste Wesen, der Mensch, der auf seinen Beinen steht und sich als kompakte Masse bewegt. Ein Zwiespältiger, Zerrissener, keine eindeutige Gestalt; von

Gedanken zerspellt, von Begierden, ein handelndes Bündel, das eben den Verstand, die Fasern zusammenhält. Die *Wahrheit*? Die junge, schöne Frau, die ich gesehen hatte, war ein drangsaliertes Geschöpf gewesen, ein Opfer elterlicher und staatlicher Wachsamkeit, mangelnden Vertrauens. Ihr Fall war eine Liebesgeschichte, die Fabel: Eingebildete Notwendigkeit bringt bravste Leute zu rohem Verhalten, und nur der blanke Zufall kann ihnen helfen. Zwar war mir aufgefallen, daß Karin noch immer selbstbewußt, ganz ungebrochen war, und sie hatte mich eben darum beeindruckt. Welche Kraft mußte sie haben, ich mußte sie ihr abgewinnen. – Jetzt sah ich ein verführbares gefügiges Ding, eine leichtfertige Täterin im Dienstauftrag. Ihr Fall eine Stasi-Geschichte mehr. Eine Mitarbeiterin, nein, ein *Mitarbeiter* – die Vermännlichung verfremdet die Person und rückt sie in Aktenferne (»... teilte der IM dem B. mit, daß dieser junge Mann lebt, er mit ihm verheiratet ist und sie gemeinsam ein Kind haben«). Welche Schwäche hatte sie befallen, die jetzt auf mich überging. Ich sah eine andere Realität. Die eine stimmte auch, es hatte sich alles so zugetragen, aber es hatte noch eine andere Bewandtnis.

Aber dieses *Doppelleben* hatte ich ihr zugeschrieben, indem ich sie zum Opfer stilisierte und sie damit fester an ihren Dienst band. Denn während sie ihre Opferrolle spielte, in der Fremde des Feuilletons, im Schulstoff des Auslands, *Romeo und Julia im Staat*, »das erregendste und ernsteste Stück Prosa«, wurde sie zuhause härter in die Pflicht genommen von den »vorgangsführenden Mitarbeitern«. (Oder ist auch das eine zu milde Betrachtung: und sie selbst nahm sich in die Pflicht?) Sie mußte ihre *Zuverlässigkeit* beweisen. In einem erregenden und ernsten Leben vielleicht: in dem sie, Jahre später, die DDR verließ. Noch geisterten sie durch die Medien, Karin und Frank, »zwei fest aneinander gekettete Liebende, verlassen, isoliert von der Welt, der Familie, den schönen Reden, den politischen Hoffnungen und Zielen«; zwei junge Leute, »über deren Gefühlen eine dumme, hochmütige, inhumane Staatsräson waltet«; als exemplarische Darstellung, »wie das System Menschen ruiniert«. »Slachtoffers van het politieke denken«, »Literatur gewordenes Fragezeichen über einem Staat«. Placiert auf der Bestenliste, geschmückt mit dem »Stern der Woche« des Abendblatts. Noch sah ich Karin mit Unbehagen zu, wie sie drüben ihr Wesen trieb in Raubdrucken und Dissertationen, während sie hier nicht *erscheinen* durfte. Noch redete DIE WELT, die eine Zeitung ist, von der »Prosa über die Praktiken des ›Ministeriums für Staatssicherheit‹«, und die Sender säuselten vom Ungeist, der »Millionen Menschen von einem Teil des Landes in den anderen flüchten ließ«. Da war sie schon selber, wie ein Geist, hinübergelangt; ich hatte gedacht: weil sie nun doch die ganze Schwere des Vorgangs erreichte und sie nicht mehr aus dem Tal kam, in das ich sie geführt hatte; jetzt dachte ich: in welchem Auftrag? Opfer und Täter, in welcher unentwirrbaren Verwirrung? welcher unerklärlichen Klarheit.

4. *»Konspirativer Realismus«*. Meine Arbeit, die sog. »schriftstellerische Tätigkeit«, war die *Zuspitzung im Sujet*, ein gefährliches, aber in unserem Beruf übliches Mittel. Es dient dazu, die Wahrheit in Dichtung zu verwandeln, in die Erfindung, die nur um so glaubhafter wird. Außer für die in der Wahrheit befangenen wirklichen Personen und Berufsstände, denen wir zu nahe treten... Karin erkannte die Veränderung, die mit ihr geschehen war in den »hinzugefügten Passagen« und nicht nur dort; Hille hielt es fest: »Neben diesen Passagen gibt es eine Reihe von Formulierungen, die die getroffenen Aussagen

des IM in negativem Sinn verschärfen.« Das war (in der Sprache der Sphäre des Verdachts) die Folge der *Bearbeitung* des Stoffs. Ich ergriff eine Reihe künstlerischer Maßnahmen, um die Personen zu beeinflussen und zu Aussagen zu bringen. Der wichtigste Trick war die Isolierung Karins; es war ihr ja tatsächlich untersagt, über den Fall zu reden, weil er eine »geheime Sache« war. Nur ich wußte, daß sie durch das verschärfte Verbot erst recht ins Grübeln kam; darum billigte ich die Maßnahme; und da sich die Person nicht *äußern* konnte, wurde im Innern etwas ausgelöst, der schmerzhafte, abschüssige Denkprozeß. Die wirkliche Karin hatte sich bei unserem Gespräch sehr selbstbewußt gezeigt, keine gute Voraussetzung für mein Vorhaben, es war Zersetzungsarbeit zu leisten. Natürlich hatten andere vorgearbeitet und ihre Beziehungen unterbunden und sie dem Einfluß des Elternhauses entzogen. Aus ihrem Kinderglauben war sie ohne mein Zutun gefallen, ich hatte für den Absturz in die Tiefe zu sorgen, aus der sie sich vielleicht nicht wieder herausrappeln könnte. Die Frage mußte offen bleiben. Mit allen verfügbaren Kräften sondierte ich dieses *Tal*. Die Tiefe der Erkenntnis, in der ich mich mit ihr treffen konnte. Wo ich die Erschöpfte am Ende liegen ließ. Es war meine Strategie, sie in die Krise zu

führen. Für Frank waren diese harten Methoden ungeeignet; der Bursche war allzu ungefestigt, ich ließ ihn am Tropf, ich behandelte ihn sparsam. Und ironisch, wie wir mitunter sind, gab ich dem Bewußtlosen erst zuguterletzt das Bewußtsein zurück. Er nützte mir mehr in dem hilflosen entsetzlichen Zustand (von dem etwas zurückbleiben würde, bei ihm, oder *bei uns*). Mit dem Vater mußte ich vorsichtig umgehen, obwohl ich ihn, auf einen Rat hin, aus dem Partei- in den Staatsapparat versetzte, er war nun Ratsvorsitzender; aber ich erlaubte mir ihm gegenüber dann doch eine Kühnheit, während er in der Kneipe saß: »es sei mit ihm was vorgegangen« (die Mutter verstand es nicht), »er sei zu etwas fähig, was sich keiner denkt!«
Es gab noch einen anderen Zugriff auf den Vorgang. Das an sich trostlose Material, ein Dutzendfall, ließ sich aufladen mit politischen Ideen, wenn man an ihrer Isolierung kratzte. Sie mußten mit den Personen verbunden werden, der Landschaft, der verschmutzten Elbe. Sie mußten sich messen lassen an der Spannung, die entstand, wenn sich der Fluß stinkend in den Ufern wälzte, eine dreckige Metapher. Wenn das Vertrauen aufgebraucht war in den feigen Ritualen. Man kann das die *Politisierung* nennen, was hieß: ich zeige, daß der Feind am Werk ist, der

wir selber sind. Das Politische ist nicht gleich das Menschliche, »das mußte sich widersprechen«, nun wurde es ein *unmenschliches Geschehen.* »Es ist nicht abwegig, wenn man Volker Brauns Erzählung unter das Motiv ›Mißtrauen‹ stellt und zwar im bewußten Gegensatz zu Anna Seghers Roman ›Das Vertrauen‹.« (Information, streng geheim, Nr. 1041/75) Politisch, wie ich die Sache nahm, die Personen *belastend* (mich), unterstellte ich Karin, daß sie die »exotische Versuchung« spürte, »sich vom gesellschaftlichen Leben abzukehren... Und in die bekannte Gleichgültigkeit zu fallen«. Mißtrauen war angebracht; wir wußten ja, »was das für Gedanken waren. Es war ein Selbstmord, nicht des Körpers sondern des Denkens.« Ich würde sie überführen, die Leblose zu dem Leblosen, oder sofern sie sich noch regte *überwachen.* Bis in den Schlaf, bis in den Traum, der jedem anderen Informanten verschlossen bleibt ... ich schrieb ihn auf, denn ich kannte die Person – das war die Kunst, es war mein eigener Traum, in dem sie plötzlich die Lösung sah. Die Loslösung aus den Verstrikkungen, die subversive Losung GLEICHHEIT. Der Traum, in dem der Aufstand stattfand, der Aufstand der ein Traum war. (Als die Erzählung 1990 von Frank Beyer verfilmt wurde, sollten Dokumentaraufnahmen verwendet werden von den Demonstrationen in Leipzig, Material aus der Wirklichkeit, dem *traumhaften Moment* von 1989. Das wurde, nach dem Erwachen, nicht realisiert. Aber er bleibt in der Erfahrung deponiert, wie der Sinnkern im Text, das geheime Zentrum.) Es gehörte zu meinem konspirativen Vorgehen, daß Karin am Morgen von nichts mehr wußte und bestürzt nachdachte, »was es gewesen war«, was sie gewußt hatte und das ihr »für das ganze Leben reichen würde«, und sie kam nicht darauf. »Konspirativer Realismus« nannte ich das Verfahren ironisch im *Hinze-Kunze-Roman*. Denn alle diese operativen Maßnahmen dienten dem Zweck der *Aufklärung*: aber nicht in der Hoffnung, den Vorgang abzuschließen, sondern paradoxerweise ihn offenzuhalten und überhaupt in Gang zu setzen. Man kann von einem operativen *Vorlauf* sprechen. Der Titel auf dem Deckblatt verriet die Absicht, der Deckname »Unvollendete Geschichte«: der nicht nur Karins und Franks Geschichte meinte, auch die GESCHICHTE, den Kontinent der Kämpfe, auf dem gilt: Le mort saisit le vif. *Histoire inachevée* hießen die Soireen in Strehlers Théâtre de l'Europe in Paris 1984, in denen Karins Traum vorgetragen wurde. Der Entwurf einer Parteiinformation vermerkt: »›Die unvollendete Geschichte‹ (oder wie in Diskussionen gefragt wird ›Die unvollendete Revolution?‹)«.

5. *Kontext. Verbandszeug*, 1981.

Wohin trottest du, Freund? / Zum Haus des
Verbandes. /
Was liegt an? / Versammlung, Kollege. / Ich eile;
Und worüber streiten sich heute die Meister
Einmütig? / Übers Erfassen der Realität. /
Wessen? / Der Realität. / Ah ja richtig
Das fehlte uns noch. / Du kommst mit? / Man
weiß halt so wenig
Man faßt es nicht, und dann kommt man nicht
richtig zum Ende
Sag ich dir, dabei haß ich die unvollen-
Deten Geschichten! / Die werden wir fertig-
machen. /
Ich sagte, ich eile.
Wir gingen ins Haus
Er auf das Podium, in die Sauna ich.

6. *Wir Mitarbeiter.* So bewußt ich den Stoff auflud und befrachtete, die schärfste Zuspitzung war mir verborgen. Das Schlimmste konnte ich nicht wissen / wollte ich nicht denken. Ich hatte Karin *verwandelt* – aber ihre Verstellung nicht

geahnt; der nicht geheure Text verfehlte die ungeheure Tatsache. Sie war die Fracht, die Ladung, die das Boot (der Liebe) hätte sinken machen, und der ahnungslose Film, mit dem Mehrwissen gedreht, hätte allen Charme des Mitgefühls verloren: wie das Land. Jetzt sah ich meine geheime (mir nicht bekannte) Schuld: daß ich das Land verteidigt hatte gegen die schlimmste Auslegung, die es erlaubte (und nicht genehmigte), gegen die härteste Erkenntnis, seiner absurden Existenz. Ich war ihm offensichtlich, den rohen Vorgang schreibend, verbunden geblieben, wie »Martina« ihm verbunden blieb ... in einer *Mitarbeit* in ihm, und im geheimen sozusagen, in meiner Brust, in meinem Glauben: nicht unbedingt im Text, der wie gesagt die konspirative Arbeit war. Eine Zugehörigkeit band mich an die Sache, die ich angriff; öffentlich kritisch und innerlich versöhnt. Das lag daran, daß wir die *Wahrheit* hatten, die nur erst Dichtung war, die BESSERE WELT; aber dichten hieß, die Wahrheit leugnen. Der Wahrheit schaden, schwieriger Beruf. Sie sollte sich ja erst behaupten. Aber auch den Sozialismus, der *unglaubwürdig* wurde, verteidigte ich insgeheim um der Wahrheit willen, die er nicht war: er zwang sie zu denken. Er zwang sie zu zerstören. Das war eine verlorene Position, nur im Text zu halten. »Ich seh etwas / Das du nicht siehst, Genosse, das sieht grün aus / Wie der Wald, der aus den Knochen wächst / ... / Den einen Fehler, der den Bau zertrümmert / Bis in den Grund« (*Machu Picchú*, 1976). »Die Grenzen, die sich nachziehn ... / In den Staat, gekränkt der ganz von Stufung / Die Seuche an der unsre Macht krankt und / Sie zum Gespenst macht das auf Mauern geht.« (*Großer Frieden*, 1976) Der Text auf dem Theater: denn es war Konspiration für die *Öffentlichkeit*, und so mußte ich »im Interesse der Arbeit«, der Veröffentlichung, mitarbeiten, unauffällig, »zuverlässig«, »ehrlich« wie ein Spitzel, die Zweifel des Zensors zersetzend, angesetzt auf den Staat. Die schmutzigen Tricks, die Legenden waren mir geläufig bei der Feindberührung. Der Text wurde ja wagehalsig und radikaler. »Es war wie eine Sucht, sie berauschte sich« (Karin) »an dieser Aufrichtigkeit, der schonungslosen Wahrheit.« Ich habe, parodistisch, von gefährlichen Operationen gesprochen unter meinem vorgegebnen Namen, *Büchners Briefe* auf der Deutschen Post, mit dem Gutachten Hofgerichtsrat Noellners: »Bearbeitung des Volkes zu allmählig fortschreitender Auflehnung gegen die Staatsgewalt«. Ich spreche jetzt von etwas Schlimmerem, der Anlehnung an die Gewalt, von meiner eigenen feigen Verstellung. Ich erinnere mich an eine

Szene: in einer Versammlungspause im Schriftstellerverband zog mich Anna Seghers, die mich eben in Schutz genommen hatte, an ihren Tisch und sagte leise: »Weißt du denn nicht, daß man dafür vor einiger Zeit verschwunden wäre?« Ich dachte: was hat sie für Gedanken in ihrem Kopf? wenn sie schreibt; welche andere Erfahrung, welche Angst? Ich tat, als begreife ich nicht. Ich kannte keine Angst. Ein schwummriges Gefühl, in Moskau, wo die GESCHICHTE gemacht wurde; ich wußte nicht und ahnte (was ich jetzt weiß), daß sie *Trotzki* kannten aus der Expertise »Saint Justs«. Ich war ein Verräter und *Genosse*, geschirrt in die Geschichte von Absichten und Rücksichten. Von Hoffnung auf den *Sinn der Sache*. Absurde Gefangenschaft, die die Bedingung des Schreibens war, des rücksichtslosen Texts. Die Akten lügen / belegen es (Information vom 4.5.1976): »Braun behauptet von sich selbst, daß er kein Schriftsteller ist, sondern daß ihn (!) die schriftstellerische Tätigkeit die einzige Chance gibt, sein Gedankengut ... zu veröffentlichen ... wenn er wirklich das schreiben [?] sollte, was er denkt und wie weit er mit der politischen Entwicklung schon gekommen ist, dann würde er zwangsläufig hinter Gittern landen. Soweit die Aussagen von« (geschwärzt). Opfer und / oder Täter, nicht sie, meine hoffnungslose

und hintergründige Heldin, ist der erschrekkende Fall, sondern ich, die insgeheim hoffende Person. Noch als ich fertig war mit der Gesellschaft und sie »mitleidlos« sah, *schrieb ich sie nicht ab*. Ich beschrieb ihren Untergang.
Jetzt trat ich aus der Geschichte, die eine Tatsache war, eine Täuschung, ein Traum, in die absurde Freiheit.

7. *Vollendete Geschichte*. Unter dem Titel »Unvollendete Geschichte der unvollendeten Geschichte. Zur (späten) Buchausgabe von Volker Brauns Erzählung« schrieb die Süddeutsche Zeitung am 1. Dezember 1977: »Die Geschichte der ›Unvollendeten Geschichte‹ können wir nicht vollenden. Wir können ihr nur ein weiteres Kapitel anfügen – und das wäre ein sehr trübes ... wenn es bestätigte, worauf die Unterdrücker dieser Erzählung spekulieren mögen: daß wir sie ignorieren.« Die Kopie in den Akten ist gegengezeichnet: Girod. Das Buch erschien in der DDR 1988. Aber die Geschichte hat sich selber vollendet, auf makabre Weise, als die Akten zu erzählen begannen. Als ich den Ausgang nicht mehr wissen wollte. Als nicht einmal der Anfang mehr richtig war. Als die aufgegriffne Figur, in ihrer eignen Handschrift, unbegreiflich wurde. »Am

Schluß sind die Liebenden nach grausamen Prüfungen zwar wieder vereint« (Neue Zürcher Zeitung, 22. Februar 1978), »aber alle Beteiligten erscheinen nach den Ereignissen irgendwie versehrt, Täter wie Opfer ziehen die Spuren systembedingter Unmenschlichkeit hinter sich her.« Das war ein vorläufiger Schluß, jetzt erst kam das Finale, und alle Beteiligten, Autor und Leser, sind versehrt nach den Ereignissen der GESCHICHTE.

Denn auch sie ist zuende, und ver*siegt*, infolge des *einen Fehlers* (und aller anderen), »versunken ganz / Ins Nichts hinweg«, eine Elbversickerung. Sie kam zum Stillstand, als das Volk mit den Füßen abstimmte gegen die Wahrheit und einen Augenblick der Dichtung genoß. Fantastisches Innehalten, als galt es, über das Ganze zu befinden. *Die Wende* (Beijing, 1988): »Dieser überraschende Landwind / In den Korridoren. Zerschmetterte / Schreibtische. Das Blut, das die Zeitungen / UND DER RUHM? UND DER HUNGER / Erbrechen. Auf den Hacken / Dreht sich die Geschichte um / Für einen Moment entschlossen.« Genau das haben wir dann erlebt: daß sich die Geschichte wie auf den Hacken herumdrehte, und daß es auch nur ein Moment war, in dem es unsre eigene Bewegung war. »Auf einmal kam, wenn auch wie immer in der Ge-

schichte nur für kurze Zeit, die kreative Seite der Widersprüche doch noch hervor, richtiger: sie wurde hervorgeschleudert.« (Christa Wolf) In dem kurzen Herbst der Anarchie, als die Ämter geöffnet, die Geheimzentralen besetzt, die Armee der Macht entkleidet war. Die Akteneinsicht nur der bürokratische Aspekt des Festes, das Volk in Anspruch genommen von der *Firma*. Während andere Dinge untergründig geschahn, elementare Veränderungen, die dem Ganzen den Boden entzogen und die Fabriken. Während der Westen wegen all dem keinen Aufstand machte, sondern siegte. Das war die Pointe dieser Geschichte, das paradoxe Ergebnis: am Ende hatten wir *ein Ziel vor den Augen*, das unerreichbar war. Den Anfang, als er das Ende war. Die aussichtslose Alternative. Die solidarische Gesellschaft.
Denn es lief längst eine andere Geschichte.

Es bleibt die unvollendete Geschichte.
Ein Nachtrag

Bei näherem Hinsehen (in die Aktenferne) bin ich zu weiteren *Erkenntnissen* gelangt. Ich habe in dem Bericht über »das Ende der Unvollendeten Geschichte« davon gesprochen, mit der halben Wahrheit operiert zu haben: die ganze setze der Geschichte ein makabres Ende. Es ist wahr, die von mir Karin genannte Person ließ sich als IM »Martina« verpflichten, mit dem Auftrag, »die Verbindungen des Verdächtigten«, von mir Frank Genannten, zu kontrollieren. Sie hat sogar Frank selbst, ihren Mann, als IM (»David«) geworben: vielleicht, um seine Integrität dem Goliath Vater und Staat zu bezeugen. Sie haben aber beide, erkenne ich jetzt, diesen Dienst quittiert, relativ rasch, und absolut kompromißlos. Sie haben, der Bevormundung und Einschränkung überdrüssig, die Republik verlassen; ich fragte in meinem Bericht roh: in welchem Auftrag? Die Frage war irrig (wie die Antwort, die heute auf unser Leben gegeben wird; Demontage und Dämonisierung sind die nihilistischen Moden). Sie gingen von selbst. Wenn ich einst nicht das schlimme, so hatte ich dann nicht das gut Mögliche gesehen. Obwohl mich doch das Tapfere, Selbstbewußte an Karin beeindruckt hatte – das ihr Teil blieb in der inoffiziellen Bindung und ihr ermöglichte, sich aus der Verstrikkung zu lösen. Es hat sie vermocht, zu Frank zu halten und ihre Liebe, ihren Anspruch zu behaupten. Davon handelte aber jene Erzählung, auch wenn ich die biografischen Winkelzüge nicht wußte und, den Tiefpunkt schon setzend, den Aufbruch vorwegnahm; es war ebendas, zusammengedrängt, ihre wirkliche Geschichte, die sich erst Jahre später zutragen würde. Die ahnungslose »Unvollendete Geschichte« war in einem tieferen Sinn wahr; und der Kritik meiner Freunde, mein Nachbericht sei eine *Selbstvernichtung*, kann ich nun gemut nachgeben. Ich schrieb ihn mit dem Mut und Übermut des Autors, der alles dahinstellt, weil nur in dem radikalen Schluß ein neuer Anfang liegt. Aber ich hatte nicht recht, auf unsere *absurde Existenz* zu schließen (wenngleich es in einer Hinsicht gilt: dem Widerspruch zwischen Volkseigentum und Verfügungsgewalt), gerade die utopischsten Züge des frühen verfehlten Sozialismus wirken als Herausforderung fort; und es gab eine Substanz der Selbstbehauptung, der wirklichen Arbeit und Qual. Darum liegt das Gewesene nicht hinter uns in wesenlosem Schein. Darum bleibt es die »unvollendete« Geschichte.

Inhalt

Bibliothek Suhrkamp

Verzeichnis der letzten Nummern

1113 Eduardo Mendoza, Das Geheimnis der verhexten Krypta
1114 Wolfgang Hildesheimer, Paradies der falschen Vögel
1115 Guillaume Apollinaire, Die sitzende Frau
1116 Paul Nizon, Canto
1117 Guido Morselli, Dissipatio humani generis
1118 Karl Kraus, Nachts
1119 Juan Carlos Onetti, Der Tod und das Mädchen
1120 Thomas Bernhard, Alte Meister
1121 Willem Elsschot, Villa des Roses
1122 Juan Goytisolo, Landschaften nach der Schlacht
1123 Sascha Sokolow, Die Schule der Dummen
1124 Bohumil Hrabal, Leben ohne Smoking
1125 Peter Bichsel, Eigentlich möchte Frau Blum den Milchmann kennenlernen
1126 Guido Ceronetti, Teegedanken
1127 Adolf Muschg, Noch ein Wunsch
1128 Forugh Farrochsad, Jene Tage
1129 Julio Cortázar, Unzeiten
1130 Gesualdo Bufalino, Die Lügen der Nacht
1131 Richard Ellmann, Vier Dubliner - Wilde, Yeats, Joyce und Beckett
1132 Gerard Reve, Der vierte Mann
1133 Mercè Rodoreda, Auf der Plaça del Diamant
1134 Francis Ponge, Die Seife
1135 Hans-Georg Gadamer, Über die Verborgenheit der Gesundheit
1136 Wolfgang Hildesheimer, Mozart
1138 Max Frisch, Stich-Worte
1139 Bohumil Hrabal, Ich habe den englischen König bedient
1141 Cees Nooteboom, Die folgende Geschichte
1142 Hermann Hesse, Musik
1143 Paul Celan, Lichtzwang
1144 Isabel Allende, Geschenk für eine Braut
1145 Thomas Bernhard, Frost
1146 Katherine Mansfield, Glück
1147 Giorgos Seferis, Sechs Nächte auf der Akropolis
1148 Gershom Scholem, Alchemie und Kabbala
1149 Max Dauthendey, Die acht Gesichter am Biwasee
1150 Julio Cortázar, Alle lieben Glenda
1151 Isaak Babel, Die Reiterarmee
1152 Hermann Broch, Barbara
1154 Juan Benet, Der Turmbau zu Babel
1155 Bertolt Brecht, Die Dreigroschenoper
1156 Józef Wittlin, Mein Lemberg
1157 Bohumil Hrabal, Reise nach Sondervorschrift
1158 Tankred Dorst, Fernando Krapp hat mir diesen Brief geschrieben
1159 Mori Ōgai, Die Tänzerin
1160 Hans Jonas, Gedanken über Gott

1161 Bertolt Brecht, Gedichte über die Liebe
1162 Clarice Lispector, Aqua viva
1163 Samuel Beckett, Der Ausgestoßene
1164 Friedrike Mayröcker, Das Licht in der Landschaft
1165 Yasunari Kawabata, Die schlafenden Schönen
1166 Marcel Proust, Tage des Lesens
1167 Peter Weiss, Die Verfolgung und Ermordung Jean Paul Marats
1168 Alberto Savinio, Kindheit des Nivasio Dolcemare
1169 Alain Robbe-Grillet, Die blaue Villa in Hongkong
1170 Dolf Sternberger, ›Ich wünschte ein Bürger zu sein‹
1171 Herman Bang, Die vier Teufel
1172 Paul Valéry, Windstriche
1173 Peter Handke, Die Stunde da wir nichts voneinander wußten
1174 Emmanuel Bove, Die Falle
1175 Juan Carlos Onetti, Abschiede
1176 Elisabeth Langgässer, Das Labyrinth
1177 E. M. Cioran, Syllogismen der Bitterkeit
1178 Kenzaburo Oe, Der Fang
1179 Peter Bichsel, Zur Stadt Paris
1180 Zbigniew Herbert, Der Tulpen bitterer Duft
1181 Martin Walser, Ohne einander
1182 Jean Paulhan, Der beflissene Soldat
1183 Rudyard Kipling, Die beste Geschichte der Welt
1184 Elizabeth von Arnim, Der Garten der Kindheit
1185 Marcel Proust, Eine Liebe Swanns
1186 Friedrich Cramer, Gratwanderungen
1187 Juan Goytisolo, Rückforderung des Conde don Julián
1188 Adolfo Bioy Casares, Abenteuer eines Fotografen
1189 Cees Nooteboom, Der Buddha hinter dem Bretterzaun
1190 Gesualdo Bufalino, Mit blinden Argusaugen
1191 Paul Valéry, Monsieur Teste
1192 Harry Mulisch, Das steinerne Brautbett
1193 John Cage, Silence
1194 Antonia S. Byatt, Zucker
1197 Claude Lévi-Strauss, Mythos und Bedeutung
1198 Tschingis Aitmatow, Der weiße Dampfer
1199 Gertrud Kolmar, Susanna
1200 Octavio Paz, Die doppelte Flamme, Liebe und Erotik
1201 E. M. Cioran, Gedankendämmerung
1202 Gesualdo Bufalino, Klare Verhältnisse
1203 Friedrich Dürrenmatt, Die Ehe des Herrn Mississippi
1204 Alexej Remisow, Die Geräusche der Stadt
1205 Ambrose Bierce, Mein Lieblingsmord
1206 Amos Oz, Herr Levi
1208 Wolfgang Koeppen, Ich bin gern in Venedig warum
1209 Hugo Claus, Jakobs Verlangen
1210 Abraham Sutzkever, Grünes Aquarium/Griner Akwarium
1211 Samuel Beckett, Das letzte Band/Krapp's Last Tape/La dernière bande
1213 Louis Aragon, Der Pariser Bauer
1214 Michel Foucault, Die Hoffräulein

1215 Gertrude Stein, Zarte Knöpfe/Tender Buttons
1216 Hans Mayer, Reden über Deutschland
1217 Alvaro Cunqueiro, Die Chroniken des Kantors
1218 Inger Christensen, Das gemalte Zimmer
1219 Peter Weiss, Das Gespräch der drei Gehenden
1220 Rudyard Kipling, Das neue Dschungelbuch
1221 Sylvia Plath, Die Glasglocke
1222 Martin Walser, Selbstbewußtsein und Ironie
1223 Cees Nooteboom, Das Gesicht des Auges/Het gezicht van het oog
1224 Samuel Beckett, Endspiel/Fin de partie/Endgame
1225 Bernard Shaw, Die wundersame Rache
1226 Else Lasker-Schüler, Der Prinz von Theben
1227 Cesare Pavese, Die einsamen Frauen
1228 Zbigniew Herbert, Stilleben mit Kandare
1229 Marie Luise Kaschnitz, Das Haus der Kindheit
1230 Peter Handke, Phantasien der Wiederholung
1231 John Updike, Der weite Weg zu zweit
1232 Georges Simenon, Der Mörder
1233 Jürgen Habermas, Vom sinnlichen Eindruck zum symbolischen Ausdruck
1234 Clarice Lispector, Wo warst du in der Nacht
1235 Joseph Conrad, Falk
1236 Stefan Andres, Wir sind Utopia
1237 Virginia Woolf, Die Wellen
1238 Cesare Pavese, Der schöne Sommer
1239 Franz Kafka, Betrachtung
1240 Lawrence Durrell, Das Lächeln des Tao
1241 Bohumil Hrabal, Ein Heft ungeteilter Aufmerksamkeit
1242 Erhart Kästner, Die Lerchenschule
1243 Eduardo Mendoza, Das Jahr der Sintflut
1244 Karl Kraus, Die Sprache
1245 Annette Kolb, Daphne Herbst
1246 Giuseppe Tomasi di Lampedusa, Die Sirene
1247 Marieluise Fleißer, Die List
1248 Sadeq Hedayat, Die blinde Eule
1249 Olof Lagercrantz, Marcel Proust oder Vom Glück des Lesens
1250 Paul Celan, Schneepart
1251 György Dalos, Die Beschneidung
1252 René Depestre, Hadriana in all meinen Träumen
1253 Jurek Becker, Bronsteins Kinder
1254 Ryūnosuke Akutagawa, Das Leben eines Narren
1255 Cesare Pavese, Der Teufel auf den Hügeln
1256 Hans Magnus Enzensberger, Kiosk
1257 Paul Bowles, Zu fern der Heimat
1258 Adolfo Bioy Casares, Ein schwankender Champion
1259 Anna Maria Jokl, Essenzen
1261 Giuseppe Ungaretti, Das verheißene Land/Laterra promessa
1262 Juan Carlos Onetti, Magda
1263 Hans Blumenberg, Schiffbruch mit Zuschauer
1264 Hermann Lenz, Die Augen eines Dieners
1267 Mário de Sá-Carneiro, Lúcios Bekenntnis

Bibliothek Suhrkamp

Alphabetisches Verzeichnis